U0458874

THEATRE
经典剧目

原浮士德
URFAUST

〔德〕歌德 著

Johann Wolfgang von Goethe

陈巍 译

人民文学出版社
PEOPLE'S LITERATURE PUBLISHING HOUSE

图书在版编目（CIP）数据

原浮士德 /（德）歌德著；陈巍译 .
-- 北京：人民文学出版社，2023
（经典剧目）
ISBN 978-7-02-017853-7

Ⅰ . ①原⋯ Ⅱ . ①歌⋯ ②陈⋯ Ⅲ . ①诗剧－剧本－德国－近代
Ⅳ . ① I516.34

中国国家版本馆 CIP 数据核字 (2023) 第 043074 号

责任编辑　卜艳冰　何炜宏
装帧设计　李苗苗

出版发行　人民文学出版社
社　　址　北京市朝内大街 166 号
邮政编码　100705

印　　刷　山东临沂新华印刷物流集团有限责任公司
经　　销　全国新华书店等

字　　数　60 千字
开　　本　889 毫米 ×1194 毫米　1/32
印　　张　4.125　插页 5
版　　次　2023 年 4 月北京第 1 版
印　　次　2023 年 4 月第 1 次印刷

书　　号　978-7-02-017853-7
定　　价　49.00 元

如有印装质量问题，请与本社图书销售中心调换。电话：010-65233595

目 录

青年歌德与《原浮士德》

陈　巍

一　《浮士德》的翻译与接受

众所周知，德国大文豪约翰·沃尔夫冈·封·歌德（Johann Wolfgang von Goethe，1749—1832）的传世名作《浮士德》诗剧（Faust-Dichtung）经历了六十多年的创作历程（1772—1832）。《浮士德》诗剧一般指长达 12111 诗行的《浮士德》第一部和第二部，在过去两百多年间，历代学者对这部德语文学经典著作的阐释与解读倾注了巨大的热情与心血，各种研究文献可以说汗牛充栋。然而，如果我们聚焦整部诗剧的形成过程，就会强烈地意识到，要想更全面更深刻地把握《浮士德》版本演变之间的关系和真实含义，就不能忽略歌德青年时代创作的《原浮士德》（又译《浮士德的最初形态》《浮士德初稿》《浮士德的早期版本》）对整部《浮士德》之形成产生的重要影响。

重温歌德《浮士德》诗剧近两个世纪的接受史，亦可清晰地发现历代学者对这部思想价值深远兼具诗歌与戏剧特征的欧洲文学代表作之一的翻译、阐释、研究经历了一个由浅入深、逐步深化的过程。1808 年，歌德《浮士德》第一部问世之后，1821 年英国就出版了弗朗西斯爵士（Lord Francis Leveson-Gower，1800—1857）翻译的《浮士德》第一部英译本，1823 年法国出版了瑞士作家施塔普尔（Albert Stapfer，1802—1892）《浮士德》第一部法译本；法国浪漫派诗人奈瓦尔（Gérard de Nerval，1808—1855）在十八九岁时以散文翻译了《浮士德》第一部，于 1827 年出版。

　　1800 年，歌德写出了《浮士德》第二部中"海伦剧"的草稿，1825 年，七十六岁高龄的歌德才开始在"海伦剧"断片的基础上继续完善，1827 年写完"海伦剧"，并出版了单行本。1831 年，也就是歌德去世前一年，他的《浮士德》第二部才算大功告成。两百多年来，《浮士德》相继被翻译成世界上几十种文字，不同时代、不同国家的众多译者都试图用各自的母语翻译或复译《浮士德》。据联合国教科文组织翻译文献数据库（Index Translationum）不完全统计，从 1932 年至 2019 年底，共产生了三百七十七种不同语言的《浮士德》译本。《浮士德》诗剧的外译史也是一部世界各国对《浮士德》的阐释、传播、接受的曲折历史，是歌德学（Goethe-Philologie）和浮士德研究（Faust-Forschung）的重要组成部分。

　　在汉语世界究竟是谁最早翻译了歌德的《浮士德》呢？有论者认为是辜鸿铭（1857—1928），1910 年，辜鸿铭在《张文襄幕府纪闻》的短文《自强不息箴》中汉译的德国名哲俄特（歌德）的"不趋不停，比如星辰，近德修业，力行近仁"几句诗，曾经被认为是源自歌德《浮士德》[1]，其实，辜鸿铭弟子

---

① 原文：辜鸿铭也在其 1910 年出版的《张文襄幕府纪闻》中汉译出《浮士德》中的诗句："不趋不停，比如星辰，近德修业，力行近仁。"参见：卫茂平.德语文学汉译史考辩 [M].上海：上海外语教育出版社，（转下页）

严士弘在《求是月刊》第一卷第四号（1944 年 6 月 15 日）发表的《看忙楼诗话》中，将辜鸿铭的译文及所据英译文、德文原文都列出来了。

德文原诗为：Wie die Gestirn，/ Ohne Hast，/ Aber ohne Rast / Drehe sich jeder / Um die eigne Last。经查核，这是歌德组诗 *Zahme Xenien* 中的一节，在钱春绮译《歌德诗集》中，组诗的标题被译为《温和的克塞尼恩》，钱春绮相应的译文如下："像星辰一样，/ 不着急，/ 可也不休息，/ 各人去绕着 / 自己的重担旋转。"①

辜鸿铭曾经在德国求学，他的养父布朗先生要求他背诵《浮士德》，因此他对《浮士德》非常熟悉。早在 1901 年，辜鸿铭就在他用英文所著的《尊王篇》中征引过歌德《浮士德》中的内容：

"地妖对浮士德喊道：Du gleichst dem Geist，den du begreifst（当你理解妖怪的时候，你才能理解妖怪），这就是伟大的歌德为使德国人摆脱附体的普鲁士清教主义的魔鬼而念的咒语。"②此外，辜鸿铭在他英译的《论语》中，也多次引用歌德、卡莱尔、莎士比亚等西方著名作家和思想家的论述，注释他英译的《论语》。

（接上页）2004：66. 辜鸿铭的《自强不息箴》原文如下："唐棣之花，翩其翻尔，岂不而思，室是远而。"子曰："未之思也，夫何远之有?！"余谓此章，即道不远人之意，辜鸿铭部郎曾译德国名哲俄特《自强不息箴》，其文曰："不趋不停，比如星辰，近德修业，力行近仁。"卓彼俄特，异途同归，中西一辄。勖哉训辞，自强不息，可见道不远人，中西固无二道也。参见：辜鸿铭. 辜鸿铭文集 [M]. 海南出版社，1996：474.
① 刘铮. 张治《中西姻缘》的批评，载《上海书评》张治. 中西姻缘——近现代文学中的西方视野 [M]. 上海：上海社会科学出版社，2012. 钱春绮译文参见：歌德诗集 下册 [M]. 钱春绮，译. 上海译文出版社，1982：287.
② 辜鸿铭文集 [M]. 海南出版社，1996：116. 此段引文中的德文系《浮士德》第一部，第一场夜 V.512，钱春绮译为：你肖似你理解的精灵（钱春绮：2007：9），姜铮译为：你像你所理解的精灵（姜铮，2019：25）。

　　而最早节译《浮士德》的当属王国维（1877—1927）。
1900 年王国维开始从英文转译的德国物理学家亥姆霍兹
(Hermann Helmholtz，1821—1894) 的《势力不灭论》[①]，于
1903 年正式出版，其中摘引了《浮士德》第一部《书斋》一
场中的六行诗[②]，王国维的译文如下：

　　　夫古代人民之开辟记，皆以为世界始于混沌及暗
黑者也。梅斐司托翻尔司 Mephistopheles（德国大诗
人哥台之著作 Faust 中所假设之魔鬼之名）之诗曰：

　　　渺矣吾身，支中之支。Ich bin ein Teil des Teils,
des Anfangs alles war

　　　原始之夜，厥干在兹。Ein Teil des Finsternis, die
sich das Licht gebar,

　　　厥干伊何，曰暗而藏。Das stolze Licht, das nun
der Mutter macht,

　　　一支豁然，发其耿光。den alten Rang, den Raum
ihr streitig macht,

　　　高岩之光，竟于太虚。Doch gelingt's ihm nicht,

---

① 王国维在《势力不灭论》(*Über die Erhaltung der Kraft*) 的译者序如下：
　"《势力不灭论》(*The Theory of the Conservvation of Energy*) 为十九世纪所
　发明最大最新之原理，而德人海尔模墼尔兹（Helmholz）亦发明此理之
　一人也，此书就英国理学博士额金孙（Dr.Atkinson）所译氏之《通例科
　学讲义》(Popular Lectures on Scientific Subject) 中之就《自然力交互之关
　系》(On the Interaction of Natural Forces) 一节译述者，易其名曰《势力
　不灭论》，蕲不背原意而已。"参见：谢维扬，房鑫亮主编.王国维全集：
　第 17 卷 [M].浙江教育出版社，2009.539.；冯书静，仪德刚经过考证认
　为：《势力不灭论》的英译本是额金逊编译的 Popular Lectures on Scientific
　Subject 中第 5 篇文稿，即 Prof. Tyndall 所译赫姆霍兹的文章（On the
　Interaction of Natural Forces），该文曾于 1854 年发表在普鲁士的哲学杂志
　上。参见：冯书静，仪德刚.《势力不灭论》英译底本及术语翻译 [J].自
　然辩证法研究，2016（2）：80—87.
② 陈鸿祥.王国维传 [M].江苏文艺出版社，2010：53—55.

da es，so viel es strebt

索其母夜，与其故居。Verhaftet an den Körpern klebt.①

在以上引文中，王国维添加在括弧里的注释甚为重要，他并非简单翻译了《浮士德》的片段，而是非常清楚这句话来自歌德的《浮士德》，他在翻译此诗时特意向国人介绍这位伟大的德国作家及其作品。

翻译家严复（1854—1921）早年留学英国，曾经翻译了多部英语名著，亦从英译本读到过康德、黑格尔、歌德等人的著作。1916年9月，严复在《与熊纯如书》中，巧用歌德《浮士德》质问梁启超：

> 德文豪葛尔第 Goethe 戏曲中有鲍斯特 Dr.Fawst（即 Dr.Faust）者，无学不窥，最后学符咒神秘术，一夜招地球神，而地球神至，阴森狰狞，六种震动，问欲何为，鲍大恐屈伏，然而无术退之。嗟乎！任公既已笔端搅动社会如此矣。然惜无术再使吾国社会清明，则于救亡本旨又何济耶？②

回顾《浮士德》一百多年的汉译史，五十七种汉译本中最具代表性的当属郭沫若（1919，片段，1928，第一部，1947，第二部）、张荫麟（1932，第一部前四场）、周学普（1935，第

---

① 德文原文见《浮士德》第一部，书斋（Faust I Studierzimmer V.1349—1354）钱春绮译为：
"我是部分的一部分，部分原本是大全，我是黑暗的一部分，光本来生于黑暗，傲慢的光，如今跟母亲黑夜争夺空间及古老的地方，可是总不成功，因为它尽管努力，却总不能与物体分离。"
参见：浮士德［M］.钱春绮译，上海译文出版社，2007：41.
② 严复集 第三册［M］.王栻，主编.中华书局，1986：646.此段引文所述系《浮士德》第一部，第一场 夜 V.481—513.

一版，首个第一部、第二部全译本；1978 修订版）、梁宗岱（1936，第一部、第二部部分片段；1986，第一部）、董问樵（1982，全译本）、钱春绮（1982，全译本）、樊修章（1993，全译本）、绿原（1994，全译本）、杨武能（1998，全译本）、陆钰明（2011，全译本）、潘子立（2013，全译本）、姜铮（2019，全译及注疏本）等人直接从德文翻译的译本。这些译本之所以成功，都与上述译者丰富的语言表达能力、深入细致的研究以及合理的翻译策略密不可分。他们在翻译《浮士德》时，非常重视所依据的源语版本，有意识地学习和吸收之前出版的《浮士德》英译本、日译本、法译本等其他语种译本的长处，学习与借鉴前辈译者对《浮士德》的汉译成果，力求使他们的译文既充分展现《浮士德》诗剧的形式与韵律之美，又读起来通晓、流畅，易为中国读者所接受。

　　然而，世界经典文学名著始终"道不尽，说不完"，《浮士德》诗剧的翻译、接受、研究同样符合这条规律。如果我们仔细研读前人的翻译与研究成果，不免还会发现若干遗憾。例如虽然郭沫若、董问樵、钱春绮等译者指出了歌德《浮士德》诗剧创作经历了四个不同的阶段，也提到了流传下来的《浮士德》的早期版本——《原浮士德》（Urfaust），但是并未对《原浮士德》展开细致的研究。甚至由于没有仔细对比《原浮士德》的内容，轻易地把《原浮士德》已有的场景如《莱比锡奥艾巴赫地下酒室》说成歌德 1788 年创作的《浮士德断片》的内容之一。[①] 因此，完全有必要从《浮士德》诗剧创作与出版、

---

① 钱春绮在《浮士德》译序中提到歌德在 1788 年写下《莱比锡奥艾尔巴赫地下酒室》，1790 年收入《浮士德断片》出版；1797 年写下的《夜》，《牢狱》等场景，收入了《浮士德，一部悲剧》中。实际上 1773 年至 1775 年创作的《原浮士德》就已包括上述三个场景，钱春绮显然没有对比《原浮士德》，才下此论断。参见：浮士德 [M]. 钱春绮译，上海译文出版社，2011：3. 同时参见表 2。

《原浮士德》与《浮士德断片》及《浮士德》第一部等各版本之间的递进关系、《原浮士德》的意义和价值等几个方面入手，对歌德《浮士德》诗剧的早期版本——《原浮士德》做出客观与公正的评价与解读。

二 《原浮士德》《浮士德》的创作与出版

十六世纪以来，德国医生、天文学家和占卜家约翰·浮士德（Johann Faust，1480—1540 年）的传奇故事逐渐成为各类艺术作品的主角。1587 年，德国法兰克福出版了民间故事书《浮士德博士的故事》：传说中浮士德与魔鬼订约二十四年，订约期间魔鬼满足浮士德的一切要求，期满后浮士德就得死去，灵魂为魔鬼所有。1588 年，英国剧作家克里斯托弗·马洛的剧作《浮士德博士的悲剧故事》问世，1759 年德国剧作家莱辛（1729—1781）写下了戏剧断片《浮士德》。比莱辛小二十岁的歌德童年时代就曾观看过浮士德传说的木偶戏，熟悉上述浮士德素材。然而歌德在创作《浮士德》时，并没有像他创作其他作品那样一气呵成，而是花费了六十多年的时间，前后分四个不同的阶段才最终完成《浮士德》诗剧的全部创作。

第一阶段：

1753 年圣诞节，歌德从祖母那里获赠一套木偶剧场，他从四岁开始就熟知浮士德与魔鬼结盟的传说。1768 年，时年十九岁的歌德开始构思《浮士德》。1769 年歌德的喜剧《同谋犯》（die Mitschuldigen）中第一次出现了"浮士德博士"，1772 年 1 月，判处谋杀婴儿的罪犯苏珊娜·马佳蕾特·勃兰特死刑，促使歌德以诗歌与散文形式写下了《原浮士德》的部分场景。1773 年 6 月歌德在致凯斯特纳（Johann Christian Kestner）的信中，提到了他正在构思一部戏剧，1773 年 10 月 18 日歌德在给约翰娜·法姆勒（Johanna Fahlmer）的信中强调"一个漂亮的新计划在我心中酝酿，会是一出伟大的戏剧"①。

1775 年歌德完成了《原浮士德》，随后将手稿带至魏玛，在朋友圈内朗读，但是后来歌德并不满意这部初稿，将其焚毁。幸运的是魏玛宫廷女官路易丝·封·格希豪森（Luise von Göchhausen，1752—1807）誊写了这部手稿，在歌德去世多年之后才被发现。歌德创作《原浮士德》时，年龄大约在二十三至二十六岁之间，因此整部作品与歌德二十多年之后完成的《浮士德》第一部相比，虽然有不少内容重复，但是整部剧的主线和情节主要围绕浮士德与甘泪卿之间的爱欲展开，"学者戏剧"和"甘泪卿戏剧"还是两个各自独立的故事，虽然最终也是以悲剧结束，但是歌德没有刻意突出这部剧的悲剧性。在《原浮士德》中梅菲斯特魔鬼形象已经显现，但是他们之间的关系如同主仆，也并未明确。《原浮士德》属于青年歌德创作的戏剧，这个阶段正处于文学史上的"狂飙突进"时期（Sturm und Drang）。

第二阶段：

1778 年，歌德开始继续创作《浮士德》，1790 年，完成了《浮士德断片》（*Faust. Ein Fragment*），由魏玛的伯劳（Böhlau）书店出版，这是歌德最早正式出版的浮士德作品。歌德在三十九至四十一岁之间，正当青壮年，其思想日趋成熟，此时适逢魏玛古典时期（Weimarer Klassik）。

---

① 参见：Dokumente zur Entstehungsgeschichte.www.faustedition.net/archive_testimonies［Stand：2021.11.21］.

第三阶段：

1797—1808 年，歌德时年四十八至五十六岁，在席勒的鼓励与催促下，他完成了《浮士德，悲剧第一部》(*Faust, Der Tragödie erster Teil*) 的创作，1808 年由莱比锡的戈申 (Göschen) 书店正式刊行。这部作品是在《原浮士德》和《浮士德断片》的基础上逐步完善而来，歌德在此基础上补写了 1350 行诗，弥补了瓦格纳场景和学生场景之间的空白，通过天帝与梅菲斯特、梅菲斯特与浮士德的赌约，使《浮士德》第一部戏剧情节的演绎更合理、更完整。在此期间，即 1800 年，歌德还开始创作了海伦剧，此剧后来成为《浮士德》第二部第三幕的重要组成部分。

第四阶段：

1825—1831 年，歌德时年七十六至八十二岁，在他离世之前，终于完成了《浮士德》第二部的创作，因此这是一部典型的老年歌德产物，其思想深度也超越了歌德任何时期创作的其他文学作品。在这个阶段，魏玛古典时期逐步结束，浪漫派兴起。

按照出版年代来看，1790 年出版的《浮士德断片》系最早印行的歌德《浮士德》作品。之后在席勒的积极推动下，歌德最终完成《浮士德》第一部创作，并于 1808 年出版；之后歌德停顿了二十多年，才于 1825 年开始创作《浮士德》第二部，1831 年完稿，1832 年出版。1834 年哥达书店出版的《歌德全集》首次把《浮士德》第一部、第二部收入一册。

1816 年单独印行的《浮士德》第一部若干场景是建立在《原浮士德》基础上，由此推断至少在当时《原浮士德》的手稿尚存，但后来失传了，多半是因为歌德不满意他的初稿，而自行销毁。非常幸运的是，歌德早期创作的《原浮士德》在湮没了将近九十年之后，得以重见天日。但是按照歌德的创作习惯，他会对自己的手稿不断进行修改或者修订。格希豪森誊写或者听写记录下来的这部手稿，充其量只是包含了歌德创作中的若干场景，是歌德为了在魏玛宫廷朗诵而公之于众的，最初称为《原浮士德》，是因为没有更合适的名称来命名这部手稿。因此，《原浮士德》只是流传下来的歌德早期创作的《浮士德》作品之一，但容易让人误解为歌德最早创作的《浮士德》。近年来已有德国学者如乌尔里希·盖耶尔（Ulrich Gaier）把这部作品改称《浮士德较早的版本》，阿尔布莱希特·修纳（Albrecht Schöne）则称之为《浮士德早期版本》，为了行文统一，本书仍沿用旧名《原浮士德》。

1775 年歌德移居魏玛时，从法兰克福带来此稿。同年 12 月歌德就在魏玛宫廷公爵夫人安娜·阿玛利亚的圈子内朗诵了《浮士德》的若干场景。安娜·阿玛利亚的宫廷女官路易丝·封·格希豪森，在此期间完成了这部手稿的誊写。而歌德 1773 年至 1775 年间的亲笔手稿，只留下《乡间街道》这一幕。1887 年歌德研究专家埃利希·施密特（Erich Schmidt，1853—1913）在发现这部誊写稿之后，将其冠名为《原浮士德——浮士德的初稿》，交魏玛的伯劳书店印行。

根据德国歌德学者、康斯坦茨大学教授乌尔里希·盖耶尔的划分，歌德的《浮士德》诗剧主要包括以下三部分内容：

浮士德，一部悲剧：献词，剧院前奏，天上序曲，悲剧第一部，悲剧第二部；

浮士德初稿（原浮士德）；

补遗：I 结尾诗；II 1800 年的海伦剧；III 总结性内容说明（《诗与真》第十八章的设计）；IV 浮士德第一部、第二部补遗。①

---

① Johann Wolfgang von Goethe. Faust-Dichtung Text［M］. Hrsg. von Ulrich Gaier. Stuttgart：Reclam. 1999：Inhalt.

而德国歌德学者、哥廷根大学教授阿尔布莱希特·修纳采取了另一种划分，《浮士德》诗剧主要包括以下内容：

浮士德　一部悲剧：献词，剧院前奏，天上序曲，悲剧第一部；悲剧第二部；**浮士德早期版本；浮士德补遗** ①。

表 1：歌德《浮士德》四部分内容的形成及最初出版情况

原名	中译	形成年代	出版年代	出版地点、出版社，页数
Urfaust	《原浮士德》或《浮士德初稿》	1772—1775，歌德时年约23—26 岁。	1887，由 Erich Schmidt 发现，系 Luise von Göchhausen 的誊写稿。	Weimar（魏玛）：Böhlau
Faust. Ein Fragment	《浮士德残篇》或《浮士德断片》	1788—1790，歌德时年约39—41 岁。	1790	Leipzig（莱比锡）：G. J. Göschen, 168 页
Faust. Eine Tragödie (auch Faust, Der Tragödie erster Teil oder kurz Faust I)	《浮士德》第一部或者《浮士德　悲剧第一部》	1797—1803，歌德时年约48—54 岁。	1808	Tübingen（图宾根）：Cotta'sche Verlagsbuchhandlung, 309 页
Faust. Der Tragödie zweiter Teil (auch kurz Faust II)	《浮士德　悲剧第二部》	1825—1831，歌德时年约76—82 岁。	1832	Stuttgart（斯图加特）：J.G. Cotta'sche Buchhandlung

一百多年来《原浮士德》作为《浮士德》诗剧的重要组成部分，不但在德国出版了多种单行本，而且被各种版本的歌德文集、歌德全集收录到《浮士德》第一部与第二部的合集当

---

① Johann Wolfgang von Goethe. Faust，Texte Band 1 ［M］. Hrsg. Von Albrecht Schöne，Berlin：Deutscher Klassiker Verlag，2017：Inhalt.

中。同时《原浮士德》也引起了其他国家的译者与研究者的重视。例如《原浮士德》早在 1927 年就由玛丽·普伦蒂斯·莉莉（Mary Prentice Lillie）翻译成了英文，在美国纽约出版了单行本。截至 1999 年共出版了六种《原浮士德》英译本，其中四种《原浮士德》的英译单行本和两种包括《原浮士德》在内的《浮士德》诗剧的全译本。[1] 另据联合国教科文组织翻译文献数据库不完全统计，从 1932 年至 2013 年底，《原浮士德》还被翻译成意大利语、葡萄牙语、捷克语、匈牙利语等多种欧洲文字，共出版了十二种不同的译本。[2]

在德国国家图书馆数据库（Deutsche Nationale Bibliothek）输入 Goethe 和 Urfaust 两个关键词，共藏有一百九十六种《原浮士德》单行本或者合集，可见《原浮士德》长期以来作为歌德另一部《浮士德》文本，得到了广泛的阅读和传播。

在《原浮士德》众多研究版本中，最具特色的是 1985 年由德国法兰克福岛屿出版社（Insel Verlag）出版、国际歌德协会名誉会长维尔纳·凯勒（Werner Keller，1930—2018）主编的《浮士德》第一部、《原浮士德》、《浮士德断片》三版平行排印本，该书为盒装，分两册，共 691 页。这是一部别具特色的《浮士德》早期版本比较本，主编凯勒撰写了长达 49 页后记，对读者和研究者比较《浮士德》早期版本的内容与演变以及《浮士德》第一部的最终形成具有重要的学术参考价值。

另一个非常有特色的研究版，2005 年由德国斯图加特的雷克拉姆（Reclam）出版社出版、乌尔里希·盖耶尔教授主编

---

[1] Derek Glass，Goethe in English：A Bibliography of the Translations in the Twentieth Century [M]. Leeds：Maney（MHRA Bibliographies 2），2005：195—196.

[2] http//www.unesco.org/xtrans/bsresult.aspx?a=goethe+&stxt=urfaust&sl=deu&l=&c=&pla=&pub=&tr=&e=&udc=&d=&from=&to=&tie=a（Stand：01.05.2014）.

的《原浮士德》(1775)、《浮士德断片》(1790)、《浮士德》第一部歌德生前最后审定版（1828）三版平行排印本，此书未对文稿做任何现代正字法的改动，是最接近歌德原著的版本。此外，盖耶尔还著有《〈原浮士德〉的阐释与文献》。以上三种较为有特色的研究版本能够极大方便读者充分理解三个互相递进的版本之间文字上的细微差别，从而深刻体验《浮士德》第一部的艰难成书之路。

另外，雷克拉姆出版社 1941 年就开始印行《原浮士德》单行本，这本薄薄的小册子，被纳入德国经典文学读物，到 2019 年已印了二十六次之多。1941 年至 1965 年间共印刷八次，书名为《歌德浮士德的最初形态》(Geothes Faust in ursprünglicher Gestalt)，1967 年至 2012 年间共印刷十七次，书名为《原浮士德》(Urfaust)，2019 书名改为《浮士德，早期版本》(Faust, frühere Fassung) 共印刷一次，在德语国家几乎达到了家喻户晓的程度。

三　《原浮士德》《浮士德断片》
《浮士德》第一部内容对比

歌德早在青少年时代就观看过浮士德素材的木偶剧，1768 年歌德在莱比锡求学期间创作的喜剧《同谋犯》中第一次提到了"浮士德博士"的名字。1769 年在该剧第二版中提到了浮士德送给玛格丽特的小首饰盒。歌德首次提及"浮士德戏剧"是 1770 年，在他晚年的回忆录《诗与真》(1808—1831) 中有如下描述：

　　我非常小心地在赫尔德面前隐藏了对某些题材的兴趣，这些题材曾植根于我心中，逐渐演变成诗的形式。这就是《铁手骑士葛茨·封·伯利欣根》和《浮士德》。前者的生命历程使我内心得到深深的触动，在野蛮而混乱的时代一位粗鲁而善良的形象引起了我内心最深刻的共鸣。后者著名的木偶戏寓言在我心中激起多种声调的回响。[1]

　　1772 年 1 月 14 日谋杀婴儿的女犯人苏珊娜·玛加蕾塔·勃兰特被判处死刑，促使歌德经过了多年对"浮士德素材"的孕育之后用散文写下了《原浮士德》结尾部分的三场：《浮士德，梅菲斯特》《夜空旷的原野》《地牢》。1772 年和 1773 年添加了《奥艾巴赫地窖酒馆》及《乡村街道》。所有这个时期流传下来的"甘泪卿戏剧"部分（V.354—597，V.603—605，学生场景、《奥艾巴赫地窖酒馆》）可能在 1773 年秋天就已完成。除了结尾外，《原浮士德》"甘泪卿戏剧"的另一部分在 1773 年至 1775 年间完成，具体包括：《街道》（1773/1774）、《夜》《林荫大道》《邻妇之家》（约 1773 年开始）、《浮士德，梅菲斯特》（1773/1774）、《花园》（约 1773 年春）、《花园小屋》、《甘泪卿的闺房》（约 1773/1774）、《马尔特的花园》（1774，不早于秋季）、《井边》、《内外城墙间的巷道》（约 1774/1775）、《大教堂》、《夜》（瓦伦廷，约 1773/1774）。[2] 可见这部流传下来的《浮士德》早期版本，并没有严格地按照时间顺序创作，而是先写完结尾部分，再补写前面的若干场景。

---

[1] Johann Wolfgang von Goethe, Goethe Werke Band 5：Dichtung und Wahrheit [M]. Hrsg. Klaus-Detelf Müller, Darmstadt：Wissenschaftliche Buchgesellschaft 1998：372.

[2] Ulrich Gaier, Kommentar zu Goethes Faust [M]. Stuttgart：Reclam 2010：307.

1775 年 10 月，歌德在致好友梅尔克（Johann Heinrich Merck，1741—1791）的信中强调他在创作《浮士德》时费力甚多。歌德移居魏玛之后，《浮士德》的创作却停滞了。

歌德在《浮士德》诗剧的第二个创作阶段，1788 年至 1789 年创作了诗行 V.1770—1867、V.2051—72、《女巫的厨房》、《森林与洞窟》（《原浮士德》的诗行 V.1408—35 移至《井旁》后面）；改写了学生场景和《奥艾巴赫地窖酒馆》（用诗歌替代了散文，扩展了内容），这些新写和修改过的内容基本保留在《浮士德》第一部的最终版本内。

席勒自 1794 年开始催促歌德完成《浮士德》第一部。直到 1797 年歌德才开始发力，完成了《献词》和《舞台序幕》两大部分，到 1801 年完成了《浮士德》第一部终稿的补充与修改工作。上述三种不同的《浮士德》版本的内容与相互之间的递进关系，见表 2。

其中，《原浮士德》与《浮士德》第一部的主要内容高度吻合。《原浮士德》《断片》与《浮士德》第一部之间存在着逐步递进、逐步完善的关系。其中《原浮士德》中的《乡村街道》一场，并未收入《断片》和《浮士德》第一部。

表 2 《原浮士德》《浮士德断片》《浮士德》第一部内容比较 ①

Urfaust《原浮士德》V.1—1441（其中 V.452—V.453 间，插入 V.1—216，V.1435—1436 间，插入 V.1—71）+ V.1—104，共 1832 行诗与散文	Ein Fragment《浮士德断片》V.1—2135，共 2135 行诗	Faust I《浮士德》第一部 V.1—4614，共 4614 行诗，71 行散文	三者之间内容的比较
		Zueignung 献词（V.1—32）	×

<hr/>

① Vgl. Johann Wolfgang von Goethe，Urfaust Faust. Ein Fragment，Faust. Eine Tragödie［M］. Hrsg. von Werner Keller. Insel：Franfurt am Main，1985.

		Vorspiel auf dem Theater 舞台序幕（V.33—242）	×
		Prolog im Himmel 天上序曲（V.243—353）	×
Nacht 夜（V.1—248）	Nacht 夜（V.1—248）	Nacht 夜（V.354—807）	≈
		Vor dem Tor 城门外（V.808—1177）	×
		Studierzimmer I 书斋 I（V.1178—1529）	×
Schülerszene 学生场景（V.249—394）	Studierzimmer II 书斋（V.249—374）；（V.375—551）	Studierzimmer II 书斋（V.1530—1895）；（V.1896—2072）	≈
Auerbachs Keller in Leipzig 莱比锡奥艾巴赫地窖酒馆（V.445—454）；（V.1—203）	Auerbachs Keller in Leipzig 莱比锡奥艾巴赫地窖酒馆（V.523—815）	Auerbachs Keller in Leipzig 莱比锡奥艾巴赫地窖酒馆（V.2073—2336）	≈
Land Strase 乡村街道（V.453—456）			×
	Hexenküche 女巫的厨房（V.816—1067）	Hexenküche 女巫的厨房（V.2337—2664）	×
Strase 街道（V.457—529）	Strasse 街道（V.1068—1140）	Strasse I 街道 I（V.2665—2677）	=
Abend 傍晚（V.530—656）	Abend 傍晚（V.1141—1267）	Abend 傍晚（V.2678—2804）	=
Allee 林荫大道（V.657—718）	Spaziergang 散步（V.1268—1327）	Spaziergang 散步（V.2805—2864）	=
Nachbarinn Haus 邻妇之家（V.719—878）	Der Nachbarin Haus 邻妇之家（V.1328—1487）	Der Nachbarin Haus 邻妇之家（V.2865—3024）	=

浮士德　梅菲斯特 （对话）(gleiches Gespräch) (V.879—924)	Strasse 街道 (V.1488—1535)	Strasse II 街道 (V.3025—3072)	=
Garten 花园 (V.925—1055)	Garten 花园 (V.1536—1664)	Garten 花园 (V.3073—3205)	=
Ein Gartenhäusgen 花园小屋 (V.1054—1065)	Ein Gartenhäuschen 花园小屋 (V.1665—1676)	Ein Gartenhäuschen 花园小屋 (V.3206—3217)	=
		Wald und Höhle 森林与洞窟 (V.3218—3373)	×
Gretgens Stube 甘泪卿的闺房 (V.1066—1105)	Gretchens Stube 甘泪卿的闺房 (V.1677—1716)	Gretchens Stube 甘泪卿的闺房 (V.3374—3414)	=
Marthens Garten 马尔特的花园 (V.1106—1235)	Marthens Garten 马尔特的花园 (V.1717—1847)	Marthens Garten 马尔特的花园 (V.3415—3544)	=
Am Brunnen 井边 (V.1236—1277)	Am Brunnen 井边 (V.1848—1888) Wald und Höhle 森林与洞窟 (V.1889—2044)	Am Brunnen 井边 (V.3545—3586)	≈ , =
Zwinger 内外城墙间的巷道 (V.1278—1310)	Zwinger 内外城墙间的巷道 (V.2045—2077)	Zwinger 内外城墙间的巷道 (V.3587—3619)	=
Dom 大教堂 (V.1311—1371)	Dom 大教堂 (V.2078—2135)		=
Nacht 夜 Vor Gretgens Haus 甘泪卿的房前 (V.1372—1435)		Nacht 夜 Strasse vor Gretchens Thüre 甘泪卿的门前 (V.3620—3775) Dom 教堂 (V.3776—3834)	≈
		Walpurgisnacht 瓦普吉斯之夜 (V.3835—4222)	×

		Walpurgisnachtstraum 瓦普吉斯之夜的梦 (V.4223—4398)	×
Faust，Mephstopheles 浮士德，梅菲斯特 (V.1—61)		Trüber Tag. Feld 阴暗的日子，郊野 (V.1—61)	=
Nacht. Offen Feld 夜。旷野 (V.1436—1441)		Nacht. Offen Feld 夜。旷野 (V.4399—4004)	=
Kerker 地牢 (V.1—104)		Kerker 地牢 (V.4405—4614)	≈①

四 《原浮士德》在国内的研究

　　陈铨是最早关注《原浮士德》与《浮士德断片》及《浮士德》第一部关系的研究者，1936年，他在《清华学报》上发表了长篇论文《歌德〈浮士德〉上部的表演问题》。陈铨在此文中旁征博引，分析独到，试图解决《浮士德》上部通常遇到的表演难题。陈铨依据其扎实的学术功底和戏剧理论知识，论证了戏剧导演应当如何准确理解歌德《浮士德》上部的人物形象。《浮士德》上部最大的表演问题是主人公浮士德应该如何扮演：到底是依照传统采用两名演员分别饰演少年浮士德和老年浮士德，还是该另有选择？陈铨通过分析歌德创作《浮士德》的时代背景、《浮士德》第一部的文本演变过程，强调《原浮士德》、《浮士德断片》、《浮士德》(第一部) 虽然创作的

---

① 　×：场景在一个版本中不存在，不可比。
　　≈：除了少数，但重要的特征，场景相似。
　　=：场景相同或者等值（除了较小的差别）

时代不同，但都成书于歌德五十岁之前，三部作品中的浮士德始终不能算是老年浮士德，所以，《浮士德》第一部中的浮士德一直都是少年浮士德，无需由两个不同年龄段的演员扮演，从而彻底地解决了《浮士德》上部主要演员的选择给戏剧表演带来的难题。

陈铨认为："第一：我们一定要认清歌德《浮士德》上部是狂飙时代的产物，浮士德是狂飙时代的代表。第二：歌德的《浮士德》不能有少年老年的分别，他只是一个少年的浮士德。第三：歌德《浮士德》上部是整个浮士德生活演进中的一个阶段。这一个阶段，是少年的阶段，是狂飙时代的阶段。这一个阶段中间，如果要掺杂老年的成分，不但在上部前后不一贯，就是在浮士德全剧来说，也紊乱了演进的程序。"①

陈铨通过分析《浮士德》上部的表演问题，匡正了人们对《浮士德》第一部浮士德身份的误读，这是中国学者在浮士德研究上一个论据充分的观点，遗憾的是他的这篇论文以中文写成，并没有引起国内外《浮士德》戏剧和电影导演的注意。对比多个版本的《浮士德》话剧和电影，导演们大多选择了两位不同年龄段的演员扮演青年浮士德和老年浮士德，使观众常常被青年和老年浮士德身份的转换所迷惑。

1936年，留法学者李辰冬翻译了法国《浮士德》研究专家、《浮士德》法文译者利希滕贝格教授（Henri Lichtenberger，1864—1941）的专著《浮士德研究》。其中《浮士德初稿研究》（上、下）刊登在当年的《国闻周报》第13卷第30、31期上，1945年此书的全译本在重庆刊行。《浮士德初稿研究》在全译本第三章改为"原始的浮士德"（第24—50页），是国内最早

---

① 陈铨.歌德《浮士德》上部的表演问题 [J].清华学报，1936（4）：1115—1171.

介绍《原浮士德》的文字。该文详细分析了初稿的形成、主要场景和人物以及作品的意义，共分九个部分：一、浮士德初稿；二、浮士德的萌芽；三、独白；四、地灵；五、与华格纳的谈话；六、梅菲斯特的学生；七、莱普锡的奥尔伯哈地下酒肆；八、玛格里特的悲剧；九、浮士德初稿的意义。

这是迄今汉语世界最详细的《原浮士德》介绍与研究文字。后来在国内出版的多种《德国文学史》中对《原浮士德》的发现和创作大多一笔带过，没有更深入的分析与研究。同样，在五十七种《浮士德》汉译本中，除了前言或译序中提到过《原浮士德》外，也没有人给予更多的关注与解读。

五 《原浮士德》的艺术特色

歌德创作《原浮士德》之际，只有二十来岁，因此《原浮士德》无疑隐藏了更多的青春气息，也符合文学史上的"狂飙突进"的时代特征。歌德除了写出了当时引起巨大轰动的书信体小说《少年维特之烦恼》（1774）、戏剧《铁手骑士葛茨·封·伯利欣根》（1773）之外，还以其创作的一系列优秀诗篇奠定了德国杰出诗人的声誉。歌德 1770 年至 1775 年间写出了不少脍炙人口的情歌：《迎来与别离》、《五月节》（1771）、颂歌《普罗米修斯》（1774），以及一系列叙事谣曲，如《野玫瑰》《从前有一位恋人》，等等。

《原浮士德》共二十一场，包括一千八百三十二行诗与散文，诗歌仍然是这部歌德早期《浮士德》作品的表现形式，其中自然也不乏精彩之作，例如诙谐幽默的《跳蚤歌》、爱情民歌《图勒的国王》、情诗《甘泪卿的闺房》，都是百读不厌的经典作品。这些诗歌不但在表现形式上简练明快，而且在内容上也体现了青年歌德对现实生活的调侃与讥讽、对爱情的热烈歌颂与赞美。

《原浮士德》主要由两大部分组成。其一，也就是所谓的"学者戏剧"（前四场）；其二是"甘泪卿戏剧"（后十七场）。

第一场《夜》和第二场《莱比锡奥艾巴赫地窖酒馆》构成了"学者戏剧"的主要内容。《夜》描述了浮士德博士独坐在狭窄的书房里，虽然学富五车，却发现自己一无所有，唯有痛苦与矛盾的情绪。因此他只好醉心于魔法，通过与地灵的对话，力图解开心中的困顿。之后他的助手瓦格纳以及梅菲斯特相继登场，作者通过浮士德与瓦格纳、梅菲斯特的对话，以及梅菲斯特与大学生的交谈，批评、调侃了当时四大学科内容的迂腐与守旧，以及教师与大学生之间互相利用的关系。

尤其值得关注的是梅菲斯特代替浮士德与前来求学的学生对话：两人交流了学习四大学科的感受和学业前途。歌德在此借梅菲斯特之口说出了那句关于寻求真知的经典名言：

> 尊贵的朋友，所有的理论都是灰色，
> 只有生命的金树长青。① （V.157—158）

与《浮士德》第一部不同，《原浮士德》不含浮士德与梅菲斯特赌赛的情节，梅菲斯特的魔鬼形象也不及后来的《浮士德》第一部丰满。但是梅菲斯特仍然主导了浮士德追求甘泪卿的全部过程。

第二场直接过渡到《莱比锡奥艾巴赫地窖酒馆》，生动地描写了四个酒徒，代表大一到大四的大学生纵酒高歌的欢乐场

---

① Johann Wolfgang Goethe, Urfaust [M]. Stuttgart：Reclam, 1987：8.

面。浮士德与梅菲斯特出现在酒馆时，他们之间的对话达到了高潮。尤其是梅菲斯特高唱的《跳蚤歌》，更是引起众人喝彩。而之后浮士德与梅菲斯特表演的魔术，更让这四个酒鬼酒醒之后惊叹不已。

《原浮士德》的前两场可以说是《浮士德》第一部"学者悲剧"的雏形，但是显然《原浮士德》中梅菲斯特的人物形象比较单薄。歌德只是通过梅菲斯特的自言自语交代了其身世：

> 倘若我自己不是魔鬼
> 我也想立刻托付给这个魔鬼。（V.662—663）

而从"学者戏剧"到"甘泪卿戏剧"的过渡显得较为突兀，相对来说，《原浮士德》的重头戏是"甘泪卿悲剧"：浮士德在街道上偶遇十四岁少女玛格丽特（Margarethe），马上被这位纯洁美丽的姑娘所深深吸引（Margarethe 与 Gretgen 两个名字交替出现在《原浮士德》中，Gretgen 系 Margarethe 的昵称）。浮士德与姑娘搭讪，却遭到婉拒。他命令梅菲斯特设法赢得少女的欢心。梅菲斯特设下圈套，把偷来的首饰放入玛格丽特闺房的橱柜内，又安排两人在女邻居家见面，两人一见如故，深深相爱。为了能够长时间约会，浮士德送给玛格丽特安眠药，让她给她母亲服用。没有想到，她给药过量，不慎毒死了母亲，被投入了监狱，后来又在狱中杀死了她与浮士德的孩子。虽然浮士德最终前来营救她，但是为了赎罪，玛格丽特欣然接受了自己的命运。《浮士德》第一部的"甘泪卿悲剧"几乎全部采用了这部《浮士德》早期版本中"甘泪卿戏剧"的内容，并在此基础上增添了浮士德与甘泪卿的哥哥瓦伦廷决斗等场景。在《原浮士德》中，一位试图冲破世俗偏见和宗教枷锁、至死不渝追求爱情的少女形象跃然纸上，这与歌德同时代作品《少年维特之烦恼》的绿蒂还是有许多不同之处的。樊修章认为："《初稿浮士德》(*Urfaust*) 总共二十一场，葛瑞琛（甘泪卿）悲剧就占了十七场。这其实只能算一个爱情悲剧，是典型的'狂飙突进'时期的作品，与《少年维特之烦恼》是同一路数。这说明青年歌德还驾驭不了这么重大的题材。"[①] 虽然这一评论并非完全公允，但是多少能促使读者在《原浮士德》描述的爱情悲剧背后寻找更深层次的社会原因。

理解《浮士德》诗剧需要对若干基本概念有比较准确的阐释，而作为歌德早期创作的《浮士德》作品之一的《原浮士德》则是理解这些概念最合适的钥匙。例如在《原浮士德》中出现的"魔法"(Magie) 一词，在整部《浮士德》诗剧中贯穿始终。

在《原浮士德》中 V.25 出现了：

"我因此醉心于魔法（Drum hab ich mich der Magie ergeben）"；

而《浮士德》第二部 V.11404 出现了：

"我愿魔法从我的道路脱离（Könnt ich Magie von meinem Pfad entfernen）。[②]"

那么歌德所指的魔法到底是什么呢？盖耶尔从"Magie"的历史渊源进行了分析。哲学家和医生帕拉塞尔苏斯（Paracelsus，1493—1531）认为这个词表示"面对自然力的上帝内心的神圣之物"[③]。文艺复兴时代的"Magie"以哲学、秘密传授和古代历

---

① 歌德.浮士德［M］.樊修章译，译林出版社，1993：3.

② Goethe，Johann Wolfgang von.，Faust，Texte Band 1，Kommentare Band 2［M］.Hrsg. Von Albrecht Schöne，Frankfurt am Main：Deutscher Klassiker Verlag，2005：440.

③ Paracelsus，Philosophia sagax，Buch I，Kap.6；Werke，besorgt von Will-Erich Peukert，Bd.3［M］.Darmstadt 1967：154.德文原文："［...］ es sind Heilige in Gott zur Seligkeit，heißen santi，sind auch Heilige in Gott zu natürlichen Kräften，die heißen magi［...］"

书为基础，因此"Magie"绝不能简单地理解为魔术，而是普遍的自然科学。之后"Magie"又经历了两条途径，精神上的和超自然（魔性）的魔法（die spirituelle Magie und dämonische Magie）。盖耶尔认为歌德所谓的"Magie"是运用未知的手段在人和专业关系中实现影响与改变的能力，在整部《浮士德》中发挥了举足轻重的作用 [1]。因此不少译者把"Magie"一词翻译成"魔术"容易让人产生误解。《原浮士德》包含的这类概念还有很多，对这些概念的追根溯源、准确把握是理解整部《浮士德》诗剧的基础，这里由于篇幅所限，不再赘述。

歌德在诗歌的艺术表现形式上，奉莎士比亚为榜样，在《原浮士德》中采用了诗歌与散文的混合形式，但主要以诗歌为主。这些诗歌采用了大量的变体。如开场白《夜》，在格律上采用了德国十五世纪自由四音步双韵格（freier Knittelvers），使得这种过去受到排斥的不规范的诗歌格律获得了新生。

例如：Hab nun ach die Philosophey

Medizin und Juristerey（V.1f）

倘若想要表现说话者的情绪、心境、举止，这种自由四音步双韵格一开始就能体现出说话者的不安与焦躁，或者映照出一种简单自然的性格，其安静的情绪不受干扰。比如描写玛格丽特：

Ich gäb was drum wenn ich nur wüsst

Wer heut der Herr gewesen ist（V.530 f.）

直到玛格丽特独白的结尾，以单音节词语和平整的抑扬格为标志，通过双抑音节，产生轻微的不安。

---

[1] Johann Wolfgang von Goethe, Faust. Eine Tragödie Erster Theil Frühere Fassung（Studienausgabe）[M]. Hrsg. und kommentiert von Ulrich Gaier, Stuttgart：Reclam，2011：369.

又如：Das konnt ich ihn an die Stirne lesen.

Es wär auch sonst nicht so keck gewesen.（V.534）[①]

自由四音双韵格，又称"浮士德格律"，其特点为，每行四音步；每音步的音节可有一至五个引导音节（Auftakt），即诗行开头的非重读音节可有可无；韵脚为双韵的格律，其结尾阴阳均可[②]。这样作者就能获得最大限度的空间，让诗歌恰当地表现说话者的举止和情绪。

另外，歌德在《原浮士德》中还使用了音步不定诗行（Madrigalverse）或者自由韵律诗。歌德对自由四音双韵格和音步不定诗行的运用，体现了十六到十八世纪德国诗歌的发展脉络。

杨武能对整部《浮士德》诗剧的诗歌体裁与格律的运用做了以下的概括："在这部巨著中，诗体和格律可谓多种多样，并且随人物、场景、时代的变化而相应改变，语言就显得格外的丰富多彩。以体裁分，《浮士德》中既有古希腊无韵的自由颂歌与哀歌，又有古希腊悲剧的三音格诗，既有北欧古典的长短格无韵诗，又有浪漫主义的短行诗乃至德国民歌，诸如此类，不胜枚举。"[③]

《原浮士德》则是歌德运用上述多种诗歌体裁的小试牛刀，其中若干篇什完全可以当作独立成篇的诗歌来阅读与欣赏。

对《浮士德初稿》的意义，利希滕贝格作出了以下恰如其分的总结："《原始浮士德》由他最初的形式，是很好的一种草案，以顺次然前后连接得尚未十分圆满的绘画，歌德在那里给我们表现了他的壮年生活之最完整的忏悔与最活跃的经验。学

---

① Ulrich Gaier, Goethes Faust-Dichtung, Ein Kommentar Urfaust［M］. Stuttgart：Reclam, 1989：193.

② 谭余志. 德语诗歌名家名作选读［M］.上海外语教育出版社，2005：107.

③ 歌德. 浮士德［M］.杨武能译，中国书籍出版社，2005：5.

生，他曾深刻地受过大学课堂与学校生活的欺骗，他蔑视干燥无味的纯理性主义而热情地趋向自然与生活。情人，他知道怎样避免他所处的感伤主义时代之过度与做作。关于爱情的观念，他较同时代的大部分诗人要自认为近人情得多。他以'不忠实的情人'来表现他自己，而这位'不忠实的情人'同时是天真的与有罪的，同时是自责与自赦，他咒骂在自己身上知道的淫佚、懦弱、卑劣，但他知道他的无恒是由他生性而来。"[①]

六 《浮士德》与《原浮士德》的舞台演出

剧作家歌德不但创作了《浮士德》《铁手骑士葛茨·封·伯利欣根》等大量戏剧作品，而且还积极参与戏剧实践，主持魏玛艺术爱好者剧院，创建魏玛宫廷剧院，亲自参与该剧院保留剧目的扩充和剧院的组织管理工作。他与席勒一道积极参与了理想化的舞台改革，使魏玛宫廷剧院由民族剧院逐步发展成为世界剧院。歌德同样关注《浮士德》排演的可行性，为《浮士德》第一部"天上序曲"和"夜"等舞台场景提供速写。

歌德《浮士德》的舞台演出经历了两百多年，先后被搬上舞台不下百次。在西方世界许多有抱负的导演或者演员都想导演或者出演《浮士德》这部经典剧作。《浮士德》的演出史是不同时代的导演和演员对《浮士德》诗剧在舞台艺术和人物表演方面的具体诠释，这些不同版本的《浮士德》戏剧，随着时代的发展，内容各有侧重，舞台构思大异其趣，演员表演风格

---

① Lichtenberger.浮士德研究 [M].李辰冬译.台北东大图书公司，1976：47—48.

截然不同，充分体现了这部经典剧作在舞台表演上的无限可能和表演上的广阔空间。

1829 年 1 月 14 日，克林格曼（August Klingemann，1777—1831）导演的《浮士德》在布伦瑞克宫廷剧院首演，之后，蒂克（Ludwig Tieck，1773—1853）、古茨柯（Karl Gutzkow，1811—1878）、德福林特（Otto Devrient，1838—1894）、马克斯·格鲁伯（Max Grube，1854—1934）、马克斯·莱茵哈德（Max Reinhardt，1873—1943）、布莱希特（Bertoldt Brecht，1898—1956）、迪伦马特（Friedrich Dürrenmatt，1921—1990）、弗里茨·贝奈维茨（Fritz Bennewitz，1926—1995）、埃贡·蒙克（Egon Monk，1927—2007）、迪特·多恩（Dieter Dorn，1935—   ）、彼得·施泰因（Peter Stein，1937—   ）等著名剧作家和导演都曾排演和导演过《浮士德》。上述舞台演出侧重点完全不同，有单独排演第一部或第二部，也有两部合演，布莱希特和迪伦马特两位剧作家则单独排演《原浮士德》；民主德国导演贝奈维茨则在 1965/1967、1975、1981 年三次导演《浮士德》。2000 年 7 月 22—23 日汉诺威世博会，彼得·施泰因导演的《浮士德》打破了《浮士德》演出记录，这部耗资一千五百万欧元的宏大制作，将一万两千一百一十一行《浮士德》第一部、第二部没有任何删节地搬上舞台，第一部演出八小时，第二部十四小时，全部演出时长二十一小时，分两天演完。他的浮士德剧团由八十名演职人员组成，其中三十五位演员，其中不乏布鲁诺·岗茨（Bruno Ganz，1941—2019）等著名演员。施泰因版《浮士德》先后在汉诺威、柏林和维也纳等地上演，戏剧评论界对施泰因版《浮士德》褒贬不一，但是无疑引起了世人对歌德《浮士德》的再次关注。

除德国之外，《浮士德》在奥地利、意大利、巴西、法国、英国、捷克、美国和加拿大等国舞台上也曾上演。进入二十一世纪，《浮士德》也经历了一场"文艺复兴"，尤其是在其戏剧框架上的现代性引起了学界的广泛讨论，例如：浮士德的虚拟性、音乐剧、邪恶的现代化、浮士德的失明、同性恋的梅菲斯特、古典美与恐怖的幻影，歌德对现代科学、经济学和生态学的展望等等①。

《浮士德》戏剧和电影早在民国时期就已进入国内。但是真正用汉语表演的当属作家和剧作家刘盛亚（1905—1960）改编的《浮士德》。刘盛亚曾经于 1933—1935 年在德国法兰克福大学学习历史，1942 年，他以歌德《浮士德》为蓝本，改编的四幕话剧《浮士德》首次在中国舞台演出，共演了二十多场。该剧保留了歌德《浮士德》第一部的主要人物，浮士德、梅菲斯特、瓦格纳、甘泪卿、瓦伦亭以及莱比锡奥尔巴赫地下酒馆里的四名大学生，融合了撒旦为首的其他四个恶魔。刘盛亚改编此剧，主要是因为在德国观看过这部戏的演出，深受触动，多次尝试把这部德国经典名剧搬上中国舞台，而最后终于获得成功。②

新中国成立后，尤其是二十世纪九十年代以来，歌德《浮士德》再次引起了中国戏剧界的重视，有不少知名导演参与和排演《浮士德》，每过一段时间，《浮士德》就成为文艺界热议的话题，例如：

——话剧《浮士德》，李健鸣译，1994 年林兆华导演，中央实验话剧院上演，这部剧的剧本是《浮士德》第一部和第二部的缩写本。

——《盗版浮士德》话剧，孟京辉导演，1999 年中央戏剧学院，编剧沈林，是《浮士德》的中国现代版，充满着先锋

---

① 参见：Hans Schulte. Goethe's Faust Theatre of Modernity ［M］. London：Cambrige University Press，2011.

② 参见：刘盛亚."浮士德"工作报道［J］. 戏剧生活，1949（2）：14—18.

意味。

——《浮士德》话剧，余匡复任文学顾问，翻译剧本，2008 年，上海话剧艺术中心，徐晓钟导演。

——台北艺术大学戏剧学院改编的话剧《浮士德》，2008 年。

——琼剧《浮士德》，2013 年，导演：[德] 安娜·珮诗珂（佩什克）。

——京剧《浮士德》，2017 年，导演：徐孟珂，[德] 安娜·珮诗珂。

——话剧《浮士德》，2019 年，导演：[立陶宛] 里马斯·图米纳斯，尹铸胜扮演浮士德，廖凡扮演梅菲斯特。

近三十年来在我国，歌德《浮士德》先后被不少知名导演搬上舞台，每次演出，从编剧、导演到演员都烙上了鲜明的中国特色，而且表现形式也多种多样，主要以话剧、中国传统戏曲琼剧和京剧的形式再现，这些都充分体现了我国文艺界对这部经典戏剧的浓厚兴趣。因此，研究《浮士德》在中国接受，不能只局限于翻译和出版，而应该对《浮士德》这部人间大戏在中国的演绎给予更多的关注。其中刘盛亚、陈铨、林兆华、孟京辉、徐晓钟、李健鸣、余匡复等戏剧理论家、导演、译者以及众多演员都为《浮士德》在中国的传播倾注了巨大的心血。

《原浮士德》的舞台演出同样也经历一百多年。《原浮士德》的戏剧形式较简练，相对于排演难度极高的《浮士德》第一部或第二部更容易操作。1918 年 5 月 8 日《原浮士德》在法兰克福首演。1920 年，天才导演马克斯·莱茵哈德在柏林德意志剧院诠释了这青年歌德的戏剧作品；1944—1948 年间，导演海因里希·格奥尔格（Heinrich George）掀起了一股演出《原浮士德》的热潮，这部戏先后在莱比锡、柏林、汉堡、斯图加特、科隆等地上演，由于德国剧院在战争期间都被炸毁，《原浮士德》就在简单搭建的舞台上演出；1952 年，布莱希特和他的助手埃贡·蒙克在民主德国排演了《原浮士德》，先后在波茨坦和东柏林的德意志剧院上演；1957 年，维尔纳·杜戈林（Werner Düggelin）导演和约格·齐默曼（Jörg Zimmermann）编剧的《原浮士德》在联邦德国的达姆施塔特上演，展现了浮士德与梅菲斯特的统一；1970 年，瑞士剧作家迪伦马特编剧和导演的《原浮士德》在苏黎世剧院上演，把青年浮士德改为老年浮士德；1984 年，艺术家霍斯特·萨格特（Horst Sagert）在柏林剧院推出的新版《原浮士德》在布莱希特版《原浮士德》的基础上，做了大胆的改编，布莱希特版《原浮士德》更注重文字，而萨格特更注重形象的展现，这两版《原浮士德》虽然是在当时的民主德国上演，但仍然在欧洲引起了不小的轰动。1998 年于尔根·克鲁泽的《原浮士德》在波鸿市上演，该版《原浮士德》以模拟剧场的形式展现了具体的剧情。①

七 结 语

歌德《浮士德》诗剧进入中国将近一百年。虽然《原浮士德》并没有在汉语语境内引起足够的重视，但是郭沫若、董问樵、钱春绮、樊修章、杨武能等译者翻译的《浮士德》第一部以及德国本土相关的研究成果，仍然能为笔者翻译与阐释这部作品提供大量可资借鉴的经验与思路。

笔者自 2014 年起在复旦大学魏育青教授的鼓励下，译

---

① 参见：Bernd Mahl. Goethes Faust auf der Bühne（1806—1998）. Stuttgart, Weimar：Verlag J.B. Metzler, 1998：263—266.

完《原浮士德》。后来拙译发表在魏育青、张意主编的 2016 年
《德语文学与文学批评》第九卷，可惜这本年刊的篇幅有限，
只刊出其中一半译文。这次承蒙上海九久读书人资深编辑何家
炜先生的厚爱，决定在他主持的"经典剧目"丛书中出版单行
本，在此深表感谢。翻译是遗憾的艺术，这部译稿自然也有不
完美之处，恳请专家和读者批评指正！

2022 年 1 月 21 日
于宁波大学外国语学院

原浮士德
Urfaust

又名《歌德浮士德的最初形态》

Goethes Faust in ursprünglicher Gestalt

本书参考版本：

1. Johann Wolfgang Goethe. Faust. Erster Teil „Urfaust",
Fragment，Ausgabe letzter Hand Parelleldruck [M] Hrsg. Ulrich
Gaier，Stuttgart：Reclam，2005.

歌德 . 浮士德第一部，"原浮士德"、断片、作者最后审定
版平行排印本 [M] . 盖耶尔主编，斯图加特：雷克拉姆出版社，
2005.

2. Johann Wolfgang Goethe. Urfaust [M] Stuttgart：Reclam，
1987.

歌德 . 原浮士德 [M] . 斯图加特：雷克拉姆出版社，1987.

3. Ulrich Gaier. Johann Wolfgang Goethe Faust-Dichtung Texte，
Kommentar I，Kommentar II [M] . Stuttgart：Reclam，1999.

盖耶尔 . 歌德　浮士德诗剧，文本卷，评注卷 I，评注卷
II [M] . 斯图加特：雷克拉姆出版社，1999

夜

在一间高拱顶、狭窄的哥特式房子内。

浮士德不安地坐在书桌旁的靠背椅上。

嗨，我如今把哲学
医学和法学，
可惜还有神学
通力钻研过。
我现在是可怜的傻瓜，   5
没比过去聪明半点。
自称博士和教授，
蹉跎岁月十年
上上下下，横竖曲折
牵着学生鼻子走。   10
看到我们一无所知，
几乎令我心烦意乱。
尽管我智力胜过所有纨绔子弟，
博士、教授、作家与教士，

不受顾虑与怀疑折磨　　　　　　　　　　　15

也不怕地狱和魔鬼。

为此我丧失了所有乐趣，

不敢设想通晓何谓正义，

不敢设想我能传道解惑。

让人类向善，令其信仰改变；　　　　　　　20

我既无财产也无金钱，

没有世间的荣耀与显赫。

长此以往狗也不情愿！

我因此献身于魔法 ①，

能否借助圣灵之力与尊口　　　　　　　　　25

揭开某些我不清楚的奥秘。

使我不再热汗直流

谈论我不知道的东西。

让我认识这个世界

在最内部凝聚，　　　　　　　　　　　　　30

---

① 德文 Magie 出现了多种汉译："神仙"（郭沫若）、"巫术"（张荫麟）、"魔术"（周学普、钱春绮、绿原、董问樵、梁宗岱、陆钰明、潘子立）、"法术"（樊修章）、"魔法"（杨武能）。"巫术"是企图借助超自然的神秘力量对某些人、事物施加影响或给予控制的方术；"法术"是道士画符念咒的手法，或指法家的学术；"魔术"通常指能够产生特殊幻影的戏法，即以迅速敏捷的技巧或特殊装置把实在的动作掩盖起来，使观众感觉到物体忽有忽无，变化莫测的杂技的一种。"魔法"通常是指西方神秘并且超自然的力量或行为，这是因为这种称谓本为日本明治时代为了翻译外国语而被制造的和制汉语，之后成了中文的新词汇。显然杨武能先生译成"魔法"更贴切。Ulrich Gaier 认为"Magie"是运用未知的手段在人和专业关系中实现影响与改变的能力，在整部《浮士德》中发挥了举足轻重的作用，参见 Johann Wolfgang von Goethe，Faust. Eine Tragödie Erster Theil Frühere Fassung（Studienausgabe），Hrsg. und kommentiert von Ulrich Gaier，Stuttgart：Reclam 2011，S.369。

洞察所有的动能与原则 ①

无需翻寻空洞的词语。

哦，你瞧啊，丰盈的月光

请最后体恤我的苦难

午夜时分   35

我在书案边醒来！

但见书籍与纸张上面

忧郁的朋友，你把我照亮。

但愿我能登临山巅

在你亲密的柔光下徜徉   40

在圣灵们的山洞周围飘游

在你暮色降临的草地上活动

摆脱知识的浓雾

在你的露水下健康沐浴。

嗨！我仍旧置身于监狱？   45

该死的发霉墙洞，

亲爱的天光

---

① 此处原文为 Schau alle Würkungskrafft und Samen，《浮士德·第一部》这句话写为 Schau'alle Wirkenskraft und Samen（V.384）。各汉译本对这两个概念有不同的表述：郭沫若翻译为"宇宙的核核心心"；樊修章译为"效用和本体"；董问樵译为"活力和原种"；梁宗岱译为"动力和原始的现象"；钱春绮、杨武能译为"动力与种子"；绿原译为"效力与根基"；潘子立译为"创造力与种子"；陆钰明译为"活力和种子"。钱春绮、杨武能、潘子立诸人对 Samen 一词都加了注释，认为"种子"就是元素，即宇宙万物的基本物质。Ulrich Gaier 认为上帝创造了原元素 terra，其中包含所有的创造和毁坏的能量（alle Wirkungskraft），所有以后的创造性的形式与秩序的原则（alle Samen），参见 Ulrich Gaier, Kommentar zu Goethes Faust, Stuttgart: Reclam 2010, S.32。

模糊地透过彩色的窗棂！
书堆碍手碍脚
任蛀虫啃咬，布满灰尘。   50
直到高高的拱顶
塞满了烟熏的纸张，
堆满杯子器皿
遍布各种仪器
还有古老的家具，   55
这就是你的世界，这也叫世界！

而且你问，为何在你胸膛里
你的心受伤？
为何难以名状的痛苦
阻碍你所有生命的冲动。   60
舍弃生机勃勃的自然
上帝在其中创造了人类
环绕你的只有烟雾与腐臭
周边堆满了尸骸与兽骨。

逃离！出去，奔向广袤的大地！   65
还有这神秘之书
出自诺查丹玛斯 ① 的亲笔——
陪伴你还不够吗？
你随后识别了群星的轨迹

---

① 诺查丹玛斯，拉丁语名诺斯特拉达姆士（Nostradamus，1503—1566，法语名：Michel de Nostredame，米歇尔·德·诺特达姆），是犹太裔法国预言家、占星学家，著有《诸世纪》等书。

当大自然向你传授，　　　　　　　　　　　　70

精神力量便在你心中升起

像一位神灵与另一位交谈。

徒劳、乏味的沉思

神圣的符号向你解释

你们让你们的灵魂在我身旁飘浮；　　　　　　75

你们一听见我，就给我答复。

（他打开书，瞥见大宇宙的符号 ①）

哈，何种狂喜在这目光中流动

忽然经过我心田，我所有的思索

我感到年轻而神圣的生命幸福

---

① 德文为 Das Zeichen des Makrokosmos，Makrosmos 是希腊语 makrokosms 的拉丁语写法。makros 表示"大"，kosmos 表示"世界"。16 世纪和 17 世纪的科学把人的内在视为"小宇宙"，视人类为大宇宙的精华，相信星球、金属和人体器官之间的大宇宙的关系，认为 Zeichen 是大宇宙与小宇宙之间的画在圆形与方方之中的图解式的说明（Erich Trunz, Goethe Faust, München：C.H. Beck 1986：517.）；Friedrich und Scheithauer（Kommentar zu Goethes Faust, Stuttgart：Reclam 1959, S.321）则把这种符号解释为整合了全世界和谐的基本特征；Ulrich Gaier（Johann Wolfgang von Goethe, Faust. Eine Tragödie Erster Theil Frühere Fassung Studienausgabe, Hrsg. und kommentiert von Ulrich Gaier, Stuttgart：Reclam 2011：384.）认为 Makrokosmos-Zeichen（大宇宙符号）与 Erdgeist-Zeichen（地灵符号）系歌德独创，在其他魔法文献中找不到类似概念。迄今为止 Zeichen 分别被译为"符徽"（郭沫若）、"徽记"（张荫麟）、"符箓"（周学普、樊修章、绿原、潘子立）、"符号"（淦克超）、"符"（梁宗岱）、"符记"（董问樵、杨武能）、"灵符"（钱春绮、陆钰明）等。其中"符徽"系译者自创词汇；"徽记"是正式地用作（如一个家族，部落或国家的）象征的徽章、像章、图案或其他物件；"符箓"是道教中的一种法术，亦称"符字""墨箓""丹书"，显然与 Zeichen 的本意完全无关。"符记"也就是"符号"；"灵符"是道教术语。因此，"符号"或者"符"没有增添或者改变 Zeichen 一词的本意。绿原译本虽然将 Zeichen 译为"符箓"，但是对 die heiligen Zeichen（"神圣的符箓"）和 Das Zeichen des Makrokosmos（"大宇宙的符箓"）两个概念尾注的解释则恰如其分。例如，"神圣的符箓"：一些富于魔力的象形文字和几何图形；"大宇宙的符箓"：这些符号以象形的线条和图案表示宇宙的整体结构。参见歌德：《浮士德》，绿原译，人民文学出版社 1994 年版，第 140 页。

感到炽热在神经与血管内奔涌　　　　　　　　80

是上帝写下这些符号吗？

所有内在的喧腾静默，

可怜的心儿充满快乐

饱含充满神秘的欲念

揭开自然的力量？　　　　　　　　　　　　85

我是上帝？我恍然大悟！

我观看这些纯粹的笔触

我的灵魂前面躺着生动的自然

我现在才明白智者所言：

"圣灵的世界没有关闭，　　　　　　　　　90

你的意识停止，你的心已死。

开始吧，学生们不要懈怠

朝霞之中人间的胸怀。"

（他仔细查看这个符号。）

一切编织成整体，

一个在另一个中影响与生活　　　　　　　　95

上苍的力量飞升与降临

奉上金质的提桶！

伴随赐福香气的振动

由天浸入地

全宇宙和谐地鸣响。　　　　　　　　　　100

何种景象！但只是一种景象

无尽的自然，我到何处才能把握你！

何处是你们的乳房！你们 ① 所有生命的源泉

苍穹和大地对此依傍

由此干瘪的胸膛渴望　　　　　　　　　　105

你们饱胀、喂饮，无奈我口渴难耐！

（他不耐烦地翻阅着这本书，看到了地灵符号。）

这类符号多么不同地影响我

地灵，你靠我近些

我感觉到力量上升

如同新酿葡萄酒般灼热　　　　　　　　　110

满怀勇气敢于在世界冒险

承担所有的人间痛苦与欢乐

与暴风雨搏斗

不惧怕沉船

乌云笼罩在我头顶　　　　　　　　　　　115

月亮隐藏其光线

灯火熄灭

蒸汽上升，红光闪烁

在我脑袋周围，

从拱顶吹落一阵颤栗　　　　　　　　　　120

紧紧抓住我。

我感觉你在我周围飘动

祈求得到的地灵！

---

① 以上两句的德文原文为：Wo fass ich dich unendliche Natur！/Euch Brüste Wo！Ihr Quellen alles Leben. 在这两句诗中，分别出现了第二人称单数 du 的第四格 dich，第二人称复数 Ihr 及第四格 euch。按原文直译即可，不会产生歧义。但是在后续浮士德与瓦格纳、瓦格纳与学生的对话中，双方称呼对方只用复数 Ihr 或第四格 euch，若直译不符合中文表达习惯。故按照 Walter Kaufmann 等人的《浮士德》英译本及杨武能《浮士德》译本，改为更符合中文表达的"您"。

你显露真容。

哈！在我心中如何动荡不宁！　　　　　　　　　　125

为了全新感受

我全心全意地皈依

我感觉到，我向你献出全部身心！

你一定，一定要显露真容！哪怕付出我的生命。

（他抓起这本书，神秘地说出地灵之符。微红色的火焰一晃，地灵在火焰中出现，形象让人厌恶。）

地　灵　谁在喊我！

浮士德　（扭过头）瘆人的面孔！　　　　　　　　　130

地　灵　你强烈地吸引了我

　　　　久久盘桓在我的地界，

　　　　而且现在——

浮士德　嗨，我受不了你。

地　灵　你苦苦祈求见我，

　　　　听我的声音，看我的面貌　　　　　　　　135

　　　　你的灵魂对我发出强烈的祈求

　　　　现在我来了，何种可怜的恐惧

　　　　攫住你这超人！何处是灵魂的呼喊？

　　　　何处是内心创造的世界胸膛，

　　　　它承担，关心，满怀快乐的震荡　　　　　140

　　　　膨胀起来要和我们地灵平起平坐

　　　　你在何处，浮士德，在我耳边回响

　　　　你全力向我挤过来？

　　　　可你！刚被我的气息笼罩，你

　　　　在所有的生命深处颤栗，　　　　　　　　145

　　　　一条胆怯而退缩的蠕虫。

浮士德　我该避开你形成的火焰！

　　　　我就是浮士德，你的同类。

地　灵　在生命激流中，在行动风暴中

　　　　我上下翻腾　　　　　　　　　　　　　150

　　　　来回穿梭

　　　　出生与坟茔

　　　　永恒的大海

　　　　变换的生活！

　　　　我在穿梭的时光织机上，　　　　　　155

　　　　编织上帝生动的衣裳。

浮士德　你周游广阔的世界，

　　　　忙碌的地灵，我感觉靠你如此之近。

地　灵　你酷似你理解的地灵，

　　　　并非我本人！（消失）　　　　　　　160

浮士德　（希望破灭）

　　　　不是你！

　　　　又是何许人？

　　　　我长得像上帝

　　　　一点也不像你！

　　　　（敲门声）

　　　　真该死！我知道是我的助手。　　　　165

　　　　现在我将更彻底地完结，

　　　　这个干瘪的空想家

　　　　肯定会干扰丰富的幻觉。

瓦格纳身穿睡袍，头戴夜帽，拎着提灯，浮士德不
情愿地转过身。

瓦格纳　对不起！我听到您^①在朗读。

肯定是一部希腊悲剧？　　　　　　170

这门艺术让我大大获益，

因为它至今影响甚多；

我常常听到颂扬之声，

戏子可以教导神父。

浮士德　对，每当神父成了戏子；　　　175

这种事随时可能发生。

瓦格纳　当有人被放逐到他的书斋^②，

世界几乎见不到节日。

人们其实不知如何劝说

让它变成美事。　　　　　　　　180

浮士德　您若无感觉就不会竭力追求，

也就无法发自内心

怀着自然力的惬意

征服所有听众的心灵。

您坐在那儿，紧紧相依，　　　　185

用另一场酒席剩下的肉丁烹饪，

从您的灰堆

吹旺微弱的火焰！

小孩与疯子们的钦佩

但愿合您的口味！　　　　　　　190

如果您从没有发自内心，

---

① 德文原文：Verzeiht！Ich hört euch deklamiren！这里 euch（你们）系 Ihr 第四格，翻译成"您"，是依据德国人的生活习惯，一般大学里教授与学生之间都用"您"称呼。下同。
② 德语原文为 Museum，在 17、18 世纪时表示书斋（Studierstube），而非"博物馆"。

也就永远不会心心相印。

瓦格纳　唯独演说才能让演讲者获益良多。

浮士德　什么样的演说！正好排入木偶戏。

我亲爱的硕士先生，他真有神力！　195

他并非头戴铃铛帽子的小丑！

爱情、博爱与友谊，

难道无需演讲，不言而喻？

倘若您真想说话，

何必又去寻章摘句？　200

所有的演讲再光耀漂亮，

也只是飞舞的碎片败絮，

如雾之风那么不爽，

像枯萎的树叶飘零。

瓦格纳　哦，主啊，艺术长青　205

生命短暂！

我在批评追求中

常常头痛欲裂，心烦意乱。

找到合适的手段非常困难，

借此攀登通向源泉！　210

而且刚刚走到半途

必定像可怜虫告别人间。

浮士德　羊皮卷不是圣泉，

喝一口就能永久止渴？

倘若泉水不由内心喷涌，　215

你①也不会有神清气爽的感觉。

---

① 德文原文：Erquicikung hast du nicht gewonnen. 此处的 du（你）是浮士德
与瓦格纳对话唯一出现的第二人称单数"你"。

瓦格纳　请原谅莫大的乐趣，
　　　　就是沉溺于各种时代的精神。
　　　　观察我前方一位智者的思考，
　　　　然后知道我们欢快地到达多远。　　　　220
浮士德　哦，对呀，直抵遥远的星空！
　　　　我的朋友，过去的时代，
　　　　对我们犹如七封印的天书。
　　　　您称作时代精神，
　　　　实际是先生们自己的精神，　　　　225
　　　　其中反映了各个时代。
　　　　却常常是一桩憾事！
　　　　大家第一眼见到你就逃避。
　　　　一堆破烂，一桶垃圾，
　　　　充其量还有首脑与国家的行为　　　　230
　　　　连带合理务实的信条，
　　　　就像他们木偶表演的腔调。
瓦格纳　唯独这世界！人类的心灵！
　　　　人人都想对此有所见识。
浮士德　对，大家所谓的见识为何物！　　　　235
　　　　谁能对此不加掩饰，直言不讳？
　　　　少数人确实认识到这点，
　　　　这些傻瓜却没有深藏内心，
　　　　向凡人暴露他们的情感与观察，
　　　　被人钉上十字架，接受火刑。　　　　240
　　　　我请求您，朋友，时至深夜，
　　　　我们这次只好暂停。
瓦格纳　我本想熬个通宵，
　　　　与您讨论，增长学识。（下）

浮士德	只是这颗脑袋不愿放弃所有希望，	245
	总钻牛角尖不肯收场，	
	发现几条蚯蚓就高兴异常，	
	贪婪的手指还想掘出宝藏！	

梅菲斯特身披睡袍，头戴一项大号假发，上。大学生。

大学生	我不久前刚来这里，	
	满怀虔诚，	250
	想求教与认识那位先生，	
	我们都对他满怀敬意。	
梅菲斯特	您的礼貌让我非常高兴	
	您看到的其实与常人无异。	
	请问是否在此四处找寻？	255
大学生	我请求您，务必把我收下，	
	我兴高采烈地前来，	
	学费尚且够用，人还血气方刚，	
	母亲虽不让我远行。	
	我却愿来此处求得真知。	260
梅菲斯特	您算找对了地方。	
大学生	坦白地讲！我正欲离去！	
	这里到处都那么寒酸，	
	好像每幢房里都是饥民。	
梅菲斯特	请您，您不要离开！	265
	这里一切要靠大学生供养，	
	但是首先，您想投宿何方？	
	这是首要问题！	
大学生	请给我指明方向！	

我是一头疯癫的羔羊。

喜欢善汇聚于此，   270

喜欢恶远离身体，

自由且消磨时光！

也希望深入钻研。

通过我的大脑与耳朵！

哦，主啊，拯救我的灵魂，   275

好事永远不缺。

梅菲斯特 （挠挠头）就像您所说的，现在还没有住处？

大学生 我还没有打听过。

我的客栈招待得真不错，

里面有漂亮的姑娘伺候。   280

梅菲斯特 哦，上帝保佑，这样会让您滑得太远！

咖啡馆和台球桌！哎，一场游戏！

姑娘们，嗨，大展情欲！

挥霍您的时间。

为此我们还愿意看到   285

或远或近的所有学生。

起码每周一次，

来聆听我们的教诲。

若想有滋有味吃到我们的口水，

就请坐到我们的右面。   290

大学生 我当面会惊恐万分！

梅菲斯特 这坏不了好事。

但是首先得入住，

我也不知道有更好的住处

明天去见施皮茨碧兰太太；   295

她懂得怎样照料学生，

学生宿舍上下已满。

行动相当厉害，知道如何安排。

虽然像诺亚方舟分隔更干净 [①]，

但也一次搞定。　　　　　　　　　　　300

像前面的人那样付费

在房门写上他们的大名。

大学生　我心周围感到如此局促，

学校好比家里。

梅菲斯特　您的住处已经预订。　　　　　305

您那桌饭价钱合理!

大学生　但确实不难找到

最好先谈谈精神拓展!

梅菲斯特　我的孩子! 这会把您惯坏，

不知道学院的灵魂。　　　　　　310

肯定会忘记母亲的饮食，

清水、臭黄油都给吃掉，

舍弃啤酒花、种子与鲜嫩的蔬菜，

感谢地享受荨麻香甜，

它们让粪便成为液体，　　　　　315

它们让肚子空空如也，

精选牛羊肉没完没了，

如同我们上帝的天空。

当然由您补充支付，

狂人当面逃避的内容。　　　　　320

一定要管好您的钱袋，

哪怕一分钱也不要借给朋友

---

① 指多位大学生同住一个房间。

　　　　　　但也要老老实实

　　　　　　付钱给店主、裁缝和教授。

大学生　　尊敬的先生，学费我当然会奉上。　　　325

　　　　　　请现在就给我指明方向！

　　　　　　智慧的田野向我敞开，

　　　　　　去那儿漫游正中下怀。

　　　　　　看见里面色彩斑斓，

　　　　　　然而边缘却荒芜枯干。　　　　　　　330

　　　　　　远方仍旧让人浮想联翩，

　　　　　　如同坦佩谷 ① 满是甘冽清泉。

梅菲斯特　　您离开之前告诉我

　　　　　　想选择哪门专业？

大学生　　虽然我想成为医师，　　　　　　　　335

　　　　　　但我更希望了解整个地球

　　　　　　天空与自然，

　　　　　　只要我的精神能够承受。

梅菲斯特　　您将要步入正轨，

　　　　　　但是别让自己心思涣散。　　　　　340

　　　　　　我尊贵的朋友，我建议您，

　　　　　　首先选修逻辑。

　　　　　　您的精神将接受严格的训练，

　　　　　　犹如束紧西班牙式的长靴 ②。

　　　　　　一旦将来走上思维的轨道，　　　345

　　　　　　更加从容不迫。

　　　　　　不会东倒西歪，

---

① 坦佩谷（Tempe）是希腊色萨利大区北部一个峡谷的古名，位于奥林帕斯山以南，俄萨山以北，被希腊诗人誉为"阿波罗和缪斯喜爱的去处"。

② 指夹住大腿的刑具。

也不会昏头迷路。

随后还要教您几日，

养成按部就班的习惯。　　　　　　　350

就像吃喝没有限制——

一、二、三，有必要便实施。

虽然伴随着思想工厂

织出精品还需要能工巧匠。

脚一踩牵动上千纱线，　　　　　　　355

梭子来回翻飞，

棉线悄悄流逝。

万千经线纬线交织的瞬间，

哲学家走进来

向您证明必须这般。　　　　　　　　360

倘若一是如此，二也亦然，

三是这样，四也如是。

倘若一、二并非这样，

那么三、四永无机缘。

各地的学生都夸奖这点，　　　　　　365

但没有成为织布的工匠。

谁想认识与描写活生生的事物，

首先得把其中的精神驱逐，

然后他手中只有局部，

可惜缺乏精神的纽带。　　　　　　　370

化学家称之为自然处置！

用食指在太阳穴画圈，不知道缘故。

大学生　我不明白您的意思。

梅菲斯特　倘若您学会将万事简化，

适当地分门别类，　　　　　　　　　375

　　　　　那么之后就会进展顺利。

大学生　　这一切让我越来越糊涂，
　　　　　脑袋里仿佛转着车轱辘。

梅菲斯特　随后在其他所有事物之前
　　　　　您还得钻研形而上学，　　　　　　380
　　　　　不适合大脑的知识，
　　　　　您仍然充分掌握。
　　　　　不管能行与否，
　　　　　可用漂亮的辞藻。
　　　　　至于开始这半年，　　　　　　　　385
　　　　　学习尤其要循序渐进。
　　　　　每天花上五小时，
　　　　　钟声响起就端坐在教室。
　　　　　您在家充分地准备，
　　　　　好好研读各个章节。　　　　　　　390
　　　　　这样就会更为清楚，
　　　　　老师从来不讲书外的知识。
　　　　　不过还是得做好笔记，
　　　　　就像圣灵给您听写。

大学生　　请原谅我提那么多问题，　　　　　395
　　　　　不过我还得继续讨教：
　　　　　能否在医学领域
　　　　　也指点一下迷津！
　　　　　三年是短暂的瞬间，
　　　　　啊，上帝，该领域过于宽广，　　　400
　　　　　倘若有人指点，
　　　　　以后方能继续摸索。

梅菲斯特　（自言自语）

教授的话我已厌倦，
现在我要重新把魔鬼扮演。
（大声地）
医学的精神容易理解。　　　　　　　　405
大小世界您要彻底钻研，
最后应该可行，
就像上帝喜欢。
您四处求知白费力气，
每人只学他能会的东西。　　　　　　410
倘若要把握时机，
就是真正的男人。
您身板长得的确不错，
也不缺乏勇气。
如果有足够的自信，　　　　　　　　415
其他人也会信赖您。
特别要学会引导女人，
她们总是叫苦连天，
病痛类别成百上千。
从一处着手就能治愈，　　　　　　　420
只要您还算正经，
她们全会服膺。
一副头衔就会让她们相信，
您的医术肯定比其他人高明。
为了欢迎您探索所有的日常用品，　　425
为此别人多年触及。
按脉搏必须得法，
目光既狡黠又火辣，
蛮不在乎捏一下纤腰，

　　　　　　看看裤带有无扎紧。　　　　　　　　　430

学　生　这比哲学更有趣。

梅菲斯特　尊贵的朋友，所有理论都是灰色，
　　　　　只有生命的金树长青。

学　生　我发誓，这些对我来说仿若一梦。
　　　　　我下回再来打扰，　　　　　　　　435
　　　　　从头至尾聆听您的智慧。

梅菲斯特　只要能办到，我将尽力而为。

大学生　我不可能空手离去，
　　　　　我要向您呈上纪念册，
　　　　　麻烦给我亲笔签名。　　　　　　　440

梅菲斯特　非常愿意。（写罢，交还给他）

大学生　（念道）
　　　　　尔等即如神，能知善与恶。①
　　　　　（合上纪念册，动身离去）

梅菲斯特　好好遵循我亲戚蛇神的古训，
　　　　　总有一天您会像上帝那般忧心。

---

① 此处为拉丁文：Eritis sicut Deus scientis bonum et malum。

莱比锡奥艾巴赫地窖酒馆

快乐的伙伴们纵情豪饮

弗洛施	没人豪饮，没人欢笑！	445
	我要教你们扮鬼脸！	
	今天你们就像潮湿的稻草，	
	平时总是一点就着。	
布兰德	这是你的错；你什么都没带，	
	不搞恶作剧，没说下流话。	450
弗洛施	（把一杯葡萄酒浇到了他头上）	
	这下子你两者兼备！	
布兰德	驴子！猪猡！	
弗洛施	不必让你们两者兼备！	452
西贝尔	三大魔鬼，安静！到处唱歌！到里面	1
	痛饮，在里面尖叫。嗨！起来！喂！	
阿尔滕	拿棉花来！震耳欲聋。	
西贝尔	我站在前面，这声音在可恶的低矮穹顶	
	回响。唱。	5
弗洛施	啊，嗒啦！嗒啦！啦啦！嘀！调子定好了！	

现在唱什么？

可爱的神圣罗马帝国

如何才能维持统一。

布兰德 呸，一首下流歌，一首政治曲！　　　　　10

一首讨厌的歌，感谢上帝，神圣罗马帝国

和你们没关系。我们要选出一位教皇 ①。

弗洛施 高飞吧，夜莺小姐，

向我的情人千万次致意。

西贝尔 天气与死亡！向我情人致意——　　　　　15

一只蟋蟀背着布洛肯山的干瘪橡树叶，

由一只长着公鸡脑袋的剥皮兔送来，

没有夜莺问候，她没有把

我的大胡子和所有的配件——

像一把秃扫帚扔到门后，　　　　　　　　20

而且围绕着——三大魔鬼！

当有人打破了窗子！

我说道，不用问候。

弗洛施 （酒壶掼到桌子上）现在安静！一首新歌，

伙计们，如果你们愿意，也可以说一首老歌。　25

注意，最后的叠句大家都要唱！

使出劲，开始！——

　　　从前地窖一耗子，

　　　只吃奶酪与油脂，

　　　吃得肚皮肥又圆，　　　　　　　　30

　　　能与路德博士比。

　　　女厨给它投毒药，

---

① 酒鬼的仪式，弄清楚其中酒量最大者。

世上没有藏身地，

好像得了相思病！

众人合唱　好像得了相思病。　　　　　　　　　　35

弗洛施　耗子四处瞎转悠，

各种脏水喝个够，

满屋乱抓又乱咬，

发狂生气也没用。

魂飞魄散上下跳，　　　　　　　　　　40

耗子很快就没命。

好像得了相思病。

众人合唱　好像得了相思病。

弗洛施　耗子白天心恐慌，

仓皇奔逃入厨房，　　　　　　　　　　45

躺在灶台来回滚。

呼吸急促可怜样。

下毒厨娘笑声朗：

它还剩下一口气，

好像得了相思病。　　　　　　　　　　50

众人合唱　好像得了相思病。

西贝尔　厨娘在汤里搁下够量的毒药，

我并非悲悯之人，但这只耗子

能让石头也心软。

布兰德　耗子自己！我想看着这个肚子痛的家伙　　55

在灶台边咽下最后一口气！

浮士德，梅菲斯特

梅菲斯特　来，看看，他们在这儿闹得多欢！

	倘若你喜欢，我也可以到夜晚	
	安排相同的聚会。	
浮士德	诸位先生，晚上好。	60
	大家非常感谢！	
西贝尔	这只大鹳鸟是哪一位？	
布兰德	安静！这是隐姓埋名的上等人，他们脸上透着	
	不满与厌恶。	
西贝尔	呸！若玩得来劲，就是群戏子。	65
梅菲斯特	（轻声地）记住！这些家伙没有料到是魔鬼，	
	即便他离他们这么近！	
弗洛施	我要把一条蠕虫从鼻子里拽出来①，	
	他们从哪里来！——	
	这条从里帕赫②来此地的路多么糟，	70
	弄得你们深更半夜还要旅行。	
浮士德	我们没走这条路。	
弗洛施	我以为你们在著名的汉斯那儿蹭中饭。	
浮士德	我不认识他。	75
	（其他人笑起来）	
弗洛施	哦，他来自古老的家族。	
	家族人口众多。	
梅菲斯特	你是他的一位亲戚。	
布兰德	（轻声地对弗洛施说）忍忍吧！	
	这家伙对此了如指掌。	80

---

① 这句谚语表示：解开秘密。
② 里帕赫（Rippach）：莱比锡－法兰克福邮路上，最靠近莱比锡的一个驿站，
位于现今德国萨克森－安哈尔特州。

弗洛施　　武尔岑^① 渡口让人不快，

　　　　　有时渡船得长久等待。

浮士德　　是这样！

西贝尔　　（轻声地）您来自帝国，人们看得出来。

　　　　　首先让他们变欢快——我们做尽情豪饮的

　　　　　朋友吧！　　　　　　　　　　　　　　　85

　　　　　快快过来。

梅菲斯特　来吧。（他们互相碰杯，痛饮。）

弗洛施　　好了，先生们，来一首歌。喝一罐酒，

　　　　　唱一首歌，这很公平。

浮士德　　我嗓子不行。　　　　　　　　　　　　90

梅菲斯特　一、我为自己唱一首，二、为我的朋友唱两首，

　　　　　如果你们愿意，我也可以唱上一百首——

　　　　　我们来自西班牙，

　　　　　那边晚上唱的歌比天上的星星还多。

布兰德　　这点我禁止，我憎恨乱弹乱奏。　　　　95

　　　　　除了我喝醉、入睡，

　　　　　才允许世界沉沦。对于小姑娘

　　　　　就是这些晚上难眠的人，

　　　　　伫立窗前吸吮月亮的寒气。

梅菲斯特　从前有一位国王，　　　　　　　　　　100

　　　　　养着一只大跳蚤，

西贝尔　　安静！倾听！美妙的珍品！

　　　　　美妙的业余爱好！

弗洛施　　再来一遍。

_____

① 武尔岑（Wurzen）：地名，位于德国萨克森州莱比锡以东的穆尔德河畔，
18、19 世纪人们必须乘渡船才能从此地渡过穆尔德河。

梅菲斯特　　从前有一位国王，　　　　　　　　　105
　　　　　　养着一只大跳蚤，
　　　　　　他爱跳蚤热情高，
　　　　　　亲生儿子比不了。
　　　　　　一位裁缝被请来，　　　　　　　　　110
　　　　　　给这贵族量上衣，
　　　　　　给这贵族量裤料。

西贝尔　　　好好量！真是棒！（他们不禁哄堂大笑）
　　　　　　只是不要留褶印！

梅菲斯特　　丝绒上衣与绸裤，　　　　　　　　　115
　　　　　　跳蚤穿戴真高兴，
　　　　　　上衣之外缀衣带，
　　　　　　十字架绣衣带上。
　　　　　　跳蚤由此做大臣，
　　　　　　佩上一枚大星章，　　　　　　　　　120
　　　　　　还有兄弟与姐妹，
　　　　　　都在宫廷任要职。
　　　　　　宫廷上下众男女，
　　　　　　大家统统都叫苦，
　　　　　　[还有王后与丫鬟，　　　　　　　　125
　　　　　　跳蚤全都咬个透。]
　　　　　　不许他们掐跳蚤，
　　　　　　不许他们去追捕。
　　　　　　倘若跳蚤胆敢咬，
　　　　　　逮住立马就捏死。　　　　　　　　　130

众人合唱　　（欢叫）
　　　　　　倘若跳蚤胆敢咬，
　　　　　　逮住立马就捏死。

众　人 （一片混乱）

　　　　好啊，好啊！漂亮，贴切！

　　　　再来一首！再加几罐酒！

　　　　再来几首歌。　　　　　　　　　　　　　135

浮士德　诸位，葡萄酒还凑合！凑合，就像在莱比锡

　　　　所有葡萄酒都凑合！但是我觉得你们应该

　　　　允许，让别人的酒桶

　　　　替你们放酒。

西贝尔　你们有自己的酒窖吗？　　　　　　　　140

　　　　你们做葡萄酒买卖吗？

　　　　你们也许是帝国的流浪汉？

阿尔滕　等一下！（他站起来）我做了个试验，

　　　　能否继续喝。

　　　　（他闭上双眼，站立了一会儿）眼下！眼下！145

　　　　小脑袋瓜开始摇晃！

西贝尔　呸！再来一瓶！我要在上帝面前负责，

　　　　还有在你的女人们面前。你们的葡萄酒！

浮士德　给我弄个钻头来。

弗洛施　酒馆老板在屋角，　　　　　　　　　150

　　　　放着一只工具篮。

浮士德　（拿起钻头）好！你们想喝哪种葡萄酒？

弗洛施　什么！

浮士德　你们要喝哪杯酒？

　　　　我替你们搞！　　　　　　　　　　　155

弗洛施　喂！喂！一杯莱茵葡萄酒，

　　　　能排除肾结石。

浮士德　好！（他在弗洛施那侧的桌子上钻孔）现在

　　　　拿支蜡烛来！

| 阿尔滕 | 那儿，有一节蜡烛头。 | 160 |

浮士德　就这样！（他堵上了窟窿）现在拿好！你们呢？

西贝尔　麝香葡萄酒！西班牙葡萄酒，

别的一滴也不要。我只想看看酒流出的窟窿眼。

浮士德　（钻开，再堵上）你们喜欢哪些？

| 阿尔滕 | 红葡萄酒！法国红酒！——法国人 | 165 |

我无法忍受，但是

法国酒我非常尊敬。

浮士德　（同上面的动作）那你们呢，能喝什么？

布兰德　他把我们当成了小丑？

| 浮士德 | 快点，先生，说一种葡萄酒！ | 170 |

布兰德　托卡伊酒①！不会从桌子上流走！

浮士德　年轻的先生们！抬头望！酒杯全都放下面！

每人都拔出蜡软木塞！

| 但一滴不许流向地面， | 175 |

否则会遭遇不幸！

阿尔滕　我觉得毛骨悚然，这家伙心里有鬼！

浮士德　拔掉！

（他们拔掉了软木塞，他们想喝的葡萄酒流入
各自的玻璃杯）

浮士德　堵上！现在试试！

| 西贝尔 | 好啊！太好喝了！ | 180 |

众　人　好啊，没有比这更好喝的——欢迎贵客！

（他们再次饮酒）

梅菲斯特　他们现在已经装船。

浮士德　我们走吧！

---

① 产自匈牙利东北部的托卡伊，是欧洲非常著名的葡萄酒，味道醇美。

梅菲斯特　再等一会儿。

众　人　（唱）我们喝得真他妈带劲，　　　　　　　　185
　　　　　　　如同五百头老母猪！

　　　　　　（他们再次饮酒，西贝尔让软木塞滚落到地上，
　　　　　　　酒水流到了石头上，变成了火焰，从西贝尔
　　　　　　　身旁烧起来）

西贝尔　地狱和魔鬼！

布兰德　魔术①！魔术！

浮士德　难道我没有跟你们说过。

　　　　（他堵上了封口，说了几句话，火焰熄灭了）

西贝尔　上帝，撒旦！——他认为，他能混入　　　　190
　　　　真诚的朋友圈，
　　　　玩弄他恶魔的戏法。

浮士德　安静，喂肥的猪猡！

西贝尔　我是猪猡，你是扫帚柄！兄弟！
　　　　击倒他！捅翻他！（他拔出了刀子）魔术师　195
　　　　不受法律保护！根据帝国大法
　　　　不受法律保护。

　　　　（他们扑向浮士德，他招手，
　　　　他们一下惊奇地站住，面面相觑）

西贝尔　我看到了什么！葡萄山坡！

布兰德　这季节的葡萄。

阿尔滕　多么美丽！多么成熟！　　　　　　　　　200

弗洛施　抓住，这是最美的一颗葡萄！

---

① 《原浮士德》写成 Zauberey（V.188），《浮士德》第一部写成 Zauberei
　（V.2313），译为"魔术"，在歌剧《浮士德》中与 Magie 一词所指完全不
　同。可惜多部《浮士德》汉译本，把 Magie 与 Zauberei 都译为"魔术"，
　混淆了两者的意思。

（他们去抓，揪住了彼此的鼻子，举起刀子）

浮士德　住手——走吧，让你们的醉意彻底睡醒！

浮士德和梅菲：下。他们睁开眼睛，开始接连大喊大叫。

西贝尔　我的鼻子！这是你的鼻子吗？

　　　　这是葡萄吗？那家伙去哪儿了？

布兰德　不见了！他就是魔鬼。　　　　　　　　　205

弗洛施　我看见他骑着酒桶离去。

阿尔滕　你！因为这在市场上不可靠。

　　　　我们如何才能回家？

布兰德　西贝尔先走。

西贝尔　不是小丑！　　　　　　　　　　　　　210

弗洛施　来，我们唤醒市政厅下面的捕快，

　　　　给他们几个钱履行职责。

　　　　走吧！

西贝尔　葡萄酒就该那样流淌？（他查看软木塞）

阿尔滕　你别瞎想了！像木材般干燥！　　　　　215

弗洛施　走吧，你们这些家伙！走吧！

　　　　（众人下）

乡村街道

一处十字路口，右侧山丘上坐落着一座古老的宫殿，

远处有一间小小的农舍。

街 道

浮士德　玛格丽特 ① 从一旁经过

浮士德　　漂亮的小姐 ②，允许我冒昧地

　　　　　抬起手臂，与您作伴？

玛格丽特　我既非小姐又不漂亮，

　　　　　无人相伴也能回家。　　　　　　　　　　460

　　　　　（她挣脱开，离去。）

浮士德　　这女孩真是美貌无双！

　　　　　点燃我心深处的欲望。

　　　　　她如此知礼那么端庄，

　　　　　然而同时显出些莽撞。

　　　　　她嘴唇红润面颊发亮，　　　　　　　　　465

　　　　　我已忘记世界的时光。

---

① 玛格丽特（Margarethe）：女子名，拉丁语为 margarita，意为"珍珠"，该名字浓缩了一系列的联想和意义指向，既可联想到法兰克福的杀婴犯苏珊娜·玛加蕾塔·勃兰特，也许还与歌德给他法兰克福的第一位情人取的名字甘泪卿（Gretchen）相关。在《原浮士德》中玛格丽特与甘泪卿（Gretgen）两个名字交替出现，Gretgen 是 Margarethe 的昵称，实为同一人。

② 德文 Fräulein，此处指未婚的贵族女子。

姑娘垂下眼帘的模样，
已深深烙印在我心上。
姑娘毫不客气的口吻，
此刻已让我凡心摇荡。 470

梅菲斯特上场

浮士德　听着，你一定要帮我搞到这姑娘。

梅菲斯特　现在，哪一个？

浮士德　她刚刚离开。

梅菲斯特　哦，那姑娘，方才从神父那儿离开，
　　　　　神父告谕她完全无罪。
　　　　　我刚从椅子旁边经过。 475
　　　　　一位纯洁无瑕的少女，
　　　　　她没有犯错也去告解。
　　　　　对她我的确无能为力。

浮士德　女孩年方十四①。

梅菲斯特　你说，啊哟，就像汉斯·吕德利希。 480
　　　　　他替自己追求每朵心爱之花，
　　　　　对他而言并非声誉，
　　　　　好意，不应出去采摘。
　　　　　但是并非总都过得去。

浮士德　我的罗伯桑硕士②， 485
　　　　　搬出法律条文想让我平静。
　　　　　我要向他明确表示，

---

① 女孩 14 岁已达到 18 世纪法定的结婚年龄，因此浮士德觉得可以引诱她，让梅菲斯特听命。

② 18 世纪"迂腐的学者"的绰号，浮士德用此称呼回击梅菲斯特的指责。

倘若这位可爱的小甜心
今晚不躺在我的臂弯，
临近子夜咱俩就各奔东西。 490

梅菲斯特 考虑一下怎么行动！
起码得给我十四天光景。
机会只能去感知。

浮士德 假如我能有七天的安静，
没有魔鬼不想 495
引诱一位人间尤物。

梅菲斯特 你说话的腔调像法国佬；
我请求你不要心生烦恼，
哪些帮助正好可以享受？
快乐早已没有那么强烈， 500
当你才开始上下求索，
要经过多次小题大做。
小木偶揉捏与准备，
像某些罗曼国家的故事 ① 那样传授。

浮士德 没这点我也有胃口。 505

梅菲斯特 现在既没咒骂，也无乐趣！
我告诉你，认识这位漂亮的姑娘
千万别操之过急，
暴风雨般追求可能无法奏效
我们必须使用诡计。 510

浮士德 从天使的宝库给我弄些物品，
带我去她的闺房，

---

① 指《十日谈》当中的许多色情故事，实际上并不关注人的个性化，而是讲
述无聊的小事，以此"修理"那些难以接近的女子，最终赢得她们的芳心。

从她的胸前给我弄一条手帕，

从我至爱的膝头弄一条袜带！

梅菲斯特 那么你会看到，我对你的痛苦 515

愿意全力相助，

我们不要浪费片刻时光。

我想今天就带你去她的闺房。

浮士德 能见到她？拥有她？

梅菲斯特 不。

她会去女邻居家。 520

这时你可以独自一人前往，

满怀未来快乐的希望

在她房间充分欣赏。

浮士德 我们能出发吗？

梅菲斯特 为时尚早。

浮士德 替我给她准备一份礼物。（下） 525

梅菲斯特 他的行为如同诸侯的儿子。

路西法^① 似乎有十二位王子，

这些人应当给他铸些钱币；

最后他将得到一份差事。

（下）

---

① 路西法（Luzifer）：《圣经》译本中的路西法 Lucifer 是拉丁文，由 lux（光，所有格 lucis）和 ferre（带来）所组成，意思是光之使者。在古希腊神话中，路西法名为晨曦之星（破晓的带来者），即黎明前除了月亮之外在天空中最亮的星体——金星。

傍　晚

一间干净的小房间

玛格丽特正在编辫子，绾发髻。

今天的先生是何方神圣，　　　　　　　　　530
谁若知道我定会酬谢。
他外表正直诚实，
一定出自大户名门。
我可以从他额头上读出这些，
要不然他会满不在乎。（下）　　　　　　535

梅菲斯特，浮士德。

梅菲斯特　进来，进来时要蹑手蹑脚。
　浮士德　（沉默了一会儿。）
　　　　　　我请求你，让我独处。
梅菲斯特　（四处感觉）

038

　　　　不是每位女孩都那么纯洁。（下）

浮士德　（环顾四周）

　　　　欢迎甜美的晨光，
　　　　你密密交织在圣境之上！　　　　　　　540
　　　　攫住我的心，你甜美的苦恋，
　　　　你仰仗希望的甘露，生活充满感伤。
　　　　如同安静的感觉在周围呼吸，
　　　　秩序，满意！
　　　　在这种贫穷之中何等充盈！
　　　　在这座监狱之中何等幸福！　　　　　　545

　　　　（他靠在床边的皮沙发上）

　　　　让我坐下，你这史前时代，
　　　　在快乐与痛苦中敞开双臂！
　　　　多么频繁地，在这父亲的座椅边，
　　　　一群孩子环绕在周围，　　　　　　　　550
　　　　也许向神圣的基督致谢。
　　　　我的小情人展露玉貌童颜
　　　　温顺地亲吻先知干瘪的手背。
　　　　我感觉，哦，姑娘，你的灵魂
　　　　充实有序地飞驰在我周边。　　　　　　555
　　　　慈爱天天传导给你！
　　　　要你把餐桌布摆放齐整，
　　　　甚至让你脚下的沙子泛起皱纹。
　　　　啊，可爱的手，与神如此相像，
　　　　小屋因你变成天堂。　　　　　　　　　560
　　　　而且在这里！

　　　　（他举起床前的帷幕）

　　　　何等快乐狂喜攫住我！

我喜欢每时每刻犹豫。
自然！在轻松的梦境中
你化成土生土长的天使。
这孩子躺在这儿，这温暖的生命　　　　　565
充溢在温柔的胸襟，
在此伴随着圣洁的活动
演变成上帝的图景。

你！什么在引导你？
我感觉内心怎样深受触动！　　　　　570
你想在此得到什么？你内心为何沉重？
可怜的浮士德我不再认得你！

我这儿环绕着魔幻的香气？
驱使我真正享受
而且感觉在爱情之梦中融化！　　　　　575
我们是空气压力的玩物。

假如她此刻走进来，
你如何为你的罪行忏悔！
大懒汉也会那么渺小，
应该躺倒在她脚下化掉。　　　　　580

梅菲斯特　我瞥见她走到下面。
　浮士德　来，来！我永不回来！
梅菲斯特　这只小盒子还挺沉，
　　　　　我从别处拿来。
　　　　　把它放入衣橱，　　　　　585

我向你发誓她定会失去感觉。
我告诉你盒子内的物件
虽然孩子是孩子，游戏归游戏。

浮士德　我不知道我该怎样？

梅菲斯特　别问太多！　　　　　　　　　　　590
你也许想保护这些珍宝？
但我奉劝你对贪婪节制，
美妙的时光，
不要让我操劳。
我希望你别太小气。　　　　　　　　　　595
我挠挠脑袋，搓搓手。
（他把首饰盒放入衣橱，上锁。）
马上离开，
为了你这个甜美的姑娘
按照你的意志转向。
而且你瞧里面
如同置身于教室。　　　　　　　　　　　600
如同你面前的晦暗
物理学与形而上学。
只是快点！（下）

玛格丽特提着一盏灯

这里如此燥热与憋闷——　　　　　　　　605
（她打开窗户）
户外可没有那么温暖。
我就是如此，我不知道缘故——
我想妈妈能回家。

感觉浑身颤栗，
我仍是个女孩。　　　　　　　　　　610

（她一边脱衣，一边开始唱歌）

古时有位图勒王[①]，
一盏金杯自珍藏
情人[②] 临终赠此杯
床前嘱托莫相忘。

国王更爱此金杯，　　　　　　　　　615
每次开宴必尽觞；
热泪滚落心欲碎，
常常痛饮掩悲伤。

大王行将离人世，
清点国土与城邦，　　　　　　　　　620
全都传给他世子，
唯有金杯归国王。

国王宴饮金杯现，
骑士护卫列两旁，

---

① 此诗写成于1774年，1782年由 Siegmund v. Sekkendorff 谱曲，标题注明
　选自《歌德的浮士德博士》，收入《民歌与其他歌曲集》一书出版。这首
　叙事谣曲的民间色彩清楚地表明，此诗并非玛格丽特自编，而是她的身体
　对改变的环境下意识的反应。玛格丽特下意识选择了一首表达对忠诚满怀
　希望但是并非通过婚姻确立的国王与他的情人之间的爱情关系的民歌。
② 德文为 Bule，意思为 Geliebte（情人，情妇），但是众多译者译为"爱妃"
　（梁宗岱、钱春绮、董问樵、樊修章），"王妃"（郭沫若、绿原、潘子立），
　只有淦克超、杨武能译为"爱人"，较贴近原意。

祭祀先祖在高堂
屹立海滨宫殿上。 625

老年酒徒独伫立，
饮尽最后玉琼浆
举起圣杯奋力掷
飞入潮水逐波浪。 630

他见金杯一翻滚，
从此沉入深海洋。
双眼紧闭别人世，
不饮一滴亦悲凉。

（她打开衣橱，整理衣服，看见一只首饰盒）

漂亮的首饰盒来自何方？ 635
衣橱我分明锁上。
看看里面是何物？
也许有人拿它作抵押，
妈妈借钱到外面？
钥匙挂在带子旁 640
我想，还是打开它！
这是什么？哦，天上的主看呀，
这种东西我从没见过！
一件首饰！适合一位贵妇
在盛大的节日外出。
我该把这串项链挂到何处？ 645
哪位喜欢高贵雍容？

（她走到镜前，梳妆打扮）
倘若我佩戴这对耳环，
外貌立马就让人惊艳，
助你美丽，血液新鲜   650
一切美好无限。
所有人都看不上眼
人们赞美你，一半是出于怜悯
追逐金钱
依赖金钱   655
这就是一切！我们这些人贫穷低贱！

林荫道

浮士德若有所思地来回踱步，**梅菲斯特**走向他。

梅菲斯特	对于所有遭到蔑视的爱情！对于所有地狱般的元素！
	我想知道什么是最恶毒的诅咒。
浮士德	你怎么啦？哪位狠狠告了你一状？
	我一辈子都没有见过这种面孔。　　　　660
梅菲斯特	倘若我自己不是魔鬼，
	我也想立刻托付给这个魔鬼。
浮士德	你脑瓜哪块失灵啦？
	无疑，你在发怒和咆哮。
梅菲斯特	想到我为玛格丽特弄来的首饰　　　665
	被一位神父夺走。
	假如有人体内有天使的鲜血，
	就会成为鲱鱼的妇人！
	母亲拿起这件礼物观看，
	开始偷偷担惊受怕。　　　　　　　　670
	这女人嗅觉细腻，
	总在祈祷书中闻来闻去，

嗅过每件家具，

鉴定物品神圣或平凡。

在首饰上她清晰地察觉   675

并无太多的恩惠。

"我的孩子，"她喊道，"不义之财

弄脏灵魂，消耗血液。

我们要献给上帝之母，

与上天一道愉悦。"   680

小玛格丽特吊着嘴巴，

毫无疑问，她想到，一匹馈赠的老马。

千真万确，不信神不是这位

能够把马儿仔细带到此地。

母亲请神父过来；   685

神父几乎没听过这个玩笑，

看一眼立刻心满意足，

他说："基督就是如此倾向。

谁战胜了自我谁就能赢，

教堂的胃口向来不错；   690

吃遍所有国度，

从来也不觉饱胀；

教堂，我亲爱的施主们，

独自消化不义之财。"

浮士德 这是通常的风俗，   695

犹太人与国王也会笑纳。

梅菲斯特 收下项链、手镯与戒指，

好像这些玩意分文不值。

道谢不少也不多，

似乎花生装满一篮，   700

允诺他们所有上天的恩赐，

他们却万分高兴与感激。

浮士德　甘泪卿怎么样?

梅菲斯特　她坐卧不安。

不知道应该怎么办。　　　　　　　　705

日夜想念这些首饰，

还有那位送她首饰的男子。

浮士德　可人儿的忧虑让我抱歉，

再给她弄一件新首饰!

头一件算不上多么珍贵。

梅菲斯特　哦，是的。主人，一切都是儿戏。　　　710

浮士德　照我的意思办理，

到女邻居那儿试试，

你是魔鬼，别像一团糨糊，

快去弄件新首饰!

梅菲斯特　是的，仁慈的主人，愿意照办。　　　715

（浮士德下）

梅菲斯特　一个害了相思病的傻瓜

为了让心上人消磨时光，

不惜把你们日月星辰炸碎。（下）

邻妇之家

马尔特

马尔特　上帝请宽恕我亲爱的丈夫，
　　　　　他从不曾对我眷顾！　　　　　　　720
　　　　　径直到外面的世界闯荡，
　　　　　却让我在秸秆上独处 ①。
　　　　　我的确没有令他忧伤，
　　　　　上帝知道，我实在倾心爱他。
　　　　　（她哭泣）
　　　　　也许他已死去！——哦，真难过！　725
　　　　　—— —— —— ——
　　　　　—— —— —— ——
　　　　　我只想看一眼死亡证书！

玛格丽特　（走进来）
　　　　　马尔特夫人！

马尔特　是甘泪卿?

玛格丽特　我差点跪倒!　　　　　　　　　730

---

①　指床铺上的秸秆，"秸秆寡妇"自 18 世纪以来指独自生活的女人。

在衣柜里又发现

一只紫檀木盒，

里面的物品气派、漂亮，

远比前面那件贵重。

马尔特　别再告诉你母亲，　　　　　　　　　735

她马上会拿去忏悔。

玛格丽特　嗨，瞧瞧它，嗨，看看它。

马尔特　（她过分地打扮）哦，你这满怀喜悦的可怜人。

玛格丽特　可惜我只许在小巷内转悠，

不能走入教堂让人观赏。　　　　　　740

马尔特　你经常到我这儿串门，

偷偷地把首饰戴上；

在镜子前散步若干辰光，

我们的快乐都在其上。

然后找个理由欢度节日。　　　　　　745

让人们逐渐发现，

先是项链，再是珍珠耳环，

若要哄骗母亲，她就不能看见。

（敲门声）

玛格丽特　哦，天哪！莫非是我妈妈?

马尔特　（从窗帘瞄了一眼）

一位陌生的男子，请进!　　　　　　750

梅菲斯特　（上）

我冒昧地前来，

请女士们不要见怪。

（向玛格丽特鞠躬后退）

我想打听打听马尔特·施维德兰女士！

马尔特　我就是，先生有什么事？

梅菲斯特　（轻声地对她说）

我认识你现在就已知足；　　　　　　755

您现在有尊贵的访客。

请原谅我的冒昧，

我下午再来拜会。

马尔特　（大声地）

考虑考虑，孩子，看在老天爷分上！

这位先生把你当成富家小姐。　　　　760

玛格丽特　小女贫贱，

哦，天哪，实在过奖。

首饰与项链不是我的。

梅菲斯特　哦，不单单是这些首饰。

您的气质，还有敏锐的目光。　　　　765

假如我能留下，会高兴异常。

马尔特　先生有何贵干？如此好奇！

梅菲斯特　我期盼我能带来好消息！

我希望您让我别对此忏悔：

您丈夫已经去世，托我捎来他的问候。　770

马尔特　他死了！我的心肝！嗨，我真伤心！

我丈夫死了，我也不想活了！

玛格丽特　亲爱的夫人，别那么绝望！

梅菲斯特　听来是悲惨的故事。

玛格丽特　所以我永远不想去爱，　　　　　　775

失去爱人会让我忧伤而死。

梅菲斯特　快乐必然伴随痛苦，痛苦必然拥有快乐。

马尔特　告诉我，他的生命终结过程。

梅菲斯特	他埋葬在帕多瓦	
	在圣安多尼墓旁,	780
	一个安静的场所	
	永远冰冷的地方。	

| 马尔特 | 您有无他更多的消息? | |

梅菲斯特	对,一个请求,至关重要:	
	他让您替他唱三百遍弥撒!	785
	此外我也囊空如洗。	

马尔特	什么?没有钱币?没有首饰?	
	任何学徒也可省下一两件东西!	
	保存下来留作纪念	
	宁肯挨饿宁肯行乞!	790

梅菲斯特	尊贵的夫人,实在对不起,	
	他的确没有胡乱花费。	
	对他的错误非常后悔,	
	唉,他甚至哀叹他的倒霉。	

| 玛格丽特 | 嗨!这个人遭遇如此不幸! | 795 |
| | 我定会为他念几遍安魂弥撒。 | |

| 梅菲斯特 | 您应该马上就可谈婚论嫁, | |
| | 您是一位乐于助人的姑娘。 | |

| 玛格丽特 | 哦,不,我现在可不想。 | |

梅菲斯特	倘若不找丈夫,那也该寻一位情郎。	800
	一件上天最大的馈赠,	
	把可爱的东西揽入胸膛。	

| 玛格丽特 | 这不是当地的风俗。 | |

| 梅菲斯特 | 风俗不风俗!还是行得通! | |

| 马尔特 | 快跟我讲讲! | |

| 梅菲斯特 | 我曾在他灵床边伫立。 | 805 |

那儿只略微胜过马厩，

一半是腐烂的干草；以基督徒的身份死去。

我发现他欠下大量的酒账

他喊道："我多么痛恨自己！"

就这样离开我的生意、我的妻子。　　　810

回忆让我窒息，

但愿她能宽恕我此生。

马尔特　（痛哭流涕）

好心的丈夫，我早就把他原谅。

梅菲斯特　"不过，上帝知道，她的罪孽比我深重。"

马尔特　他在撒谎！死到临头还在漫天撒谎！　　　815

梅菲斯特　如果我只是一半的知情人

他临死前肯定还在胡编乱造。

他说："我没有坐视时间流逝，

为她带来第一个孩子，然后挣来面包，

当然，面包的意义非常广泛，　　　820

我甚至一次都不能平静地吃掉我的那份。"

马尔特　他竟然把忠诚与恋人全都忘记，

日夜辛苦与操劳。

梅菲斯特　不，这些事他都想到。

他说："我离开马耳他之际，　　　825

当时，强烈地为妻儿祈祷。

我们凑巧遇到上天相助

舰船截获了一艘土耳其货船，

这艘船运送大苏丹的宝物。

勇敢的冒险当然获得报酬，　　　830

我理所应当得到

那丰厚的一份。"

马尔特　真的吗？在哪里？他也许埋在了哪个地方？

梅菲斯特　谁知道，可能在任何地方。

　　　　　他在那不勒斯四处瞎逛，　　　　　　　835

　　　　　有位漂亮的姑娘靠在他身旁，

　　　　　给他许多爱恋与忠诚，

　　　　　这些他至死都感受到。

马尔特　无赖！盗取他的子女！

　　　　　所有悲哀，所有困苦，　　　　　　　840

　　　　　都无法阻挡他放荡的生活！

梅菲斯特　对啊，您瞧，他因此命赴黄泉。

　　　　　我要是处在您的位置

　　　　　会为他服丧一年

　　　　　然后去另找一位情郎。　　　　　　　845

马尔特　天哪！像我第一位丈夫，

　　　　　在世间再难找到。

　　　　　几乎没有一个可爱的傻瓜

　　　　　特别喜欢漫游，

　　　　　陌生的女人与美酒，　　　　　　　　850

　　　　　还有可恶的掷色子游戏。

梅菲斯特　现在，现在可以走开，站住，

　　　　　他大概从他的角度

　　　　　看够了您。

　　　　　我对您发誓，为了这个附带条件，　　855

　　　　　我与您交换戒指。

马尔特　哦，先生喜欢开玩笑。

梅菲斯特　（独自地）

　　　　　现在我还是趁机走掉，

　　　　　他让魔鬼信守诺言。

（面向甘泪卿）

您的心情到底怎样？　　　　　　　　　　860

玛格丽特　先生什么意思？

梅菲斯特　（独自的）你这个天真无邪的姑娘！

（大声地）

再见，女士们！

马尔特　快快告诉我！

我需要一份证明，

我的丈夫在哪里，何时死去与安葬：

我从来都是守规矩的朋友。　　　　　865

想在报纸上刊登讣告。

梅菲斯特　好心的夫人，两位证人就能口头证明，

完全能够把事实说清。

我还有一位高尚的伙伴，

我想让他陪你们去见法官。　　　　　870

我要带他过来。

马尔特　请多费心！

梅菲斯特　这位姑娘也请光临。

一位青年，周游各地，

对女士彬彬有礼。

玛格丽特　见到那位先生我会脸红。　　　　875

梅菲斯特　又没有站在世上的国王面前。

马尔特　我的房屋后有一座花园

我们今晚恭候那位先生。

（所有人下）

浮士德　梅菲斯特

浮士德	情况如何？效果怎样，马上就走？	
梅菲斯特	非常棒！我觉得您热情似火！	880
	甘泪卿很快就会落入您手，	
	今晚在邻居马尔特那儿就能见她，	
	这妇人好像精挑细选，	
	做皮条客和吉普赛人的生意。	
浮士德	我喜欢她。	
梅菲斯特	但是这事情并不全然徒劳，	885
	一番好意值得另一番好意。	
	我们仅仅写下有效的证据，	
	她的丈夫四肢僵硬，	
	躺在帕多瓦神圣的墓地。	
浮士德	真聪明！我们首先得做一次旅行。	890
梅菲斯特	单纯的神圣！完全没那个必要！	
	无需知道太多，只是做个证明！	
浮士德	你若没有其他更好办法，计划就会落空。	
梅菲斯特	哦，圣人，倘若您此刻在那儿！	
	平生是否第一次	895

出具一份伪造证书？

您有无从上帝、世界及其活动，

从人类，及其大脑与心里的悸动

竭力作出定义？

有无精神与胸襟，　　　　　　　　900

比施韦德兰先生之死知道得更多？

浮士德　你始终是一个撒谎者和诡辩家。

梅菲斯特　是的，如果你不深入了解，

明天就不要道貌岸然

去诱惑可怜的甘泪卿？　　　　　905

对她海誓山盟？

浮士德　完全发自内心！

梅菲斯特　好，真漂亮！

然后再表白永远的忠诚与爱情，

还有唯一强烈的欲念——

这些完全发自内心。　　　　　　910

浮士德　就这么样！当我觉察到

这种感受与翻寻

徒劳地寻找名字，却找不到。

全心全意地周游世界，

撷取所有最高等的词汇。　　　　915

还有灼热在我心中燃烧，

没有尽头，永远、永远列举

这是极端的谎言游戏？

梅菲斯特　我当然正确。

浮士德　听着，注意这些，

我请求你，保护我的肺　　　　　920

人要想保持权力，只有一个舌头

一定能保住。

我厌倦这种空洞的唠叨

因为你正确无疑，因为我必须优秀。

花　园

玛格丽特挽着浮士德的胳膊，马尔特挽住梅菲斯特来回散步。

玛格丽特	我感觉幸福，先生只呵护我，	925
	如此屈尊，直到害羞。	
	一位旅人会习以为常，	
	出于善意才如此爱恋。	
	我清楚我空洞的谈话，	
	永远无法令阅历丰富人士愉悦。	930
浮士德	看你一眼，交谈一句，	
	胜过世界上所有智慧。	

（他吻她的手）

玛格丽特	别给您添麻烦！您怎么能吻我手？	
	它是如此丑陋，如此粗糙。	
	所有的家务我都要做，	935
	母亲有更严格的要求。	

（他们走过）

| 马尔特 | 您，先生，您总在四海云游？ |
| 梅菲斯特 | 嗨，我的职业与责任保持我们前行 |

离开有些地方要承受很大痛苦

但是从来不可以永远留住。 940

马尔特 年轻时能够如此体验，

周游世界去感受自在；

但老年也会缓慢到来，

变成鳏夫，拖着脚孤独地走向坟墓。

没有任何人愿意如此。 945

梅菲斯特 我远远看到这点满怀恐惧。

马尔特 那么，亲爱的先生，适时地再三斟酌。

（他们走过）

玛格丽特 对啊，这目光，这意识！

您熟悉这番客气。

只是您常常有朋友， 950

比我更聪明。

浮士德 哦，最亲的人儿，相信什么可明智地列举，

不过是更多的虚荣与目光短浅。

玛格丽特 什么？

浮士德 啊哟！单纯、无辜永远不会

认识其神圣的价值！ 955

勇气、失败，最高的馈赠

满是爱意，彻底治愈的自然——

玛格丽特 只是您应该记挂我一会儿，

我会有足够的时间思念您。

浮士德 您常常孤身一人？ 960

玛格丽特 对啊，我们的家务确实不多，

但是我也必须全做。

没有女仆，得自己除尘、编织、烧饭，

从早到晚缝纫、忙活。

我母亲对所有的事	965
都精打细算。	
其实没有必要那么节衣缩食，	
我们远比别人有活动的余地。	
父亲留下一小笔财富，	
城外拥有一座小花园和一幢小屋。	970
当然我现在平静度日；	
我哥哥是一名士兵，	
小妹已离开了人世。	
为这孩子我吃够苦头；	
而我喜欢接受各种折磨，	975
小妹妹对我十分亲密。	

浮士德　一个像你这样的天使。

玛格丽特　我把她带大，她真心爱我。

她在父亲过世后出生，

母亲当时好像奄奄一息，

卧病在床，悲苦异常，　　　　　　　980

她康复非常缓慢

她从来不敢奢望，

自己喂养这小东西。

我完全独自养她。

用水和牛奶，尽我所能　　　　　　　985

在我的臂弯，在我的怀里

可爱地蠕动，慢慢地生长。

浮士德　你肯定体验到最纯净的幸福！

玛格丽特　但也确实经历了艰难的时光。

孩子的摇篮整夜靠在　　　　　　　　990

我床头，哪怕她一动，

　　　　　我就醒来

　　　　　我得马上喂奶，随即把她放在身旁，

　　　　　她若不再安静，我就得立刻起床。

　　　　　在房间里一蹦一跳来回踱步。　　　　　　　995

　　　　　一大早站在水槽边洗刷，

　　　　　然后去市场，在灶台边忙碌

　　　　　今天到明天，周而复始，

　　　　　先生，总是感觉不够大胆！

　　　　　但是饮食尚入味，还能安然相处。　　　　1000

　　　　　　　（他们走过）

马尔特　　直说吧，先生，您什么都没有发现，

　　　　　这颗心并非在任何地方都可相连？

梅菲斯特　有句谚语说道：自家的灶台，

　　　　　能干的女人胜过金银珠宝。

马尔特　　我的意思，您是否从来没有获得过乐趣？　1005

梅菲斯特　到处都有人客气地接纳我。

马尔特　　我只是想说，难道没有女子真正打动过您的心？

梅菲斯特　与女人在一起永远不要放肆开玩笑。

马尔特　　您不理解我。

梅菲斯特　我衷心表示歉意，

　　　　　但是我明白——您非常善良可人。　　　　1010

　　　　　　　（他们走过）

浮士德　　哦，小天使，我那时步入花园，

　　　　　你没有把我认出？

玛格丽特　您没有瞧见我垂下了眼帘。

浮士德　　请原谅我的自由自在？

　　　　　你不久前从教堂出来，　　　　　　　　1015

　　　　　我放肆到了什么程度？

玛格丽特	我心烦意乱，从未遇过这种事。
	可能没有人说到我的恶心，
	嗨，我想，他发现你的举止，
	有些放肆与无礼　　　　　　　1020
	似乎他想马上改变乐趣。
	与这位少女做交易。
	我承认！我不知道的东西
	马上就变成你的优势
	但是确实，我在生自己的气，　1025
	而不能迁怒于你。
浮士德	亲爱的甜心！
玛格丽特	让我行动！
	（她摘了一朵翠菊，撕下一片片花瓣）
浮士德	这是什么？不是一束花吗？
玛格丽特	不，只是一个游戏！
浮士德	怎么啦？
玛格丽特	走吧！您会取笑我！
	（她扯落花瓣，喃喃自语）
浮士德	你在嘀咕什么？
玛格丽特	（半大声地）他爱我——不爱我。
浮士德	瞧你仁慈的表情！　　　　　　1030
玛格丽特	（继续扯下花瓣）
	爱我——不爱——爱我——不爱——
	（充满喜悦地扯下最后一朵花瓣）
	他爱我！
浮士德	对，我的孩子！让这句花语
	成为上帝对你的许诺：他爱你！
	你明白，这是什么意思：他爱你！　1035

（他紧紧抓住她的双手）

玛格丽特	我觉得浑身颤抖！
浮士德	不要颤栗，让这道目光，

让握手告诉你，

难以言表的东西。

完全奉献，一阵狂喜　　　　　　　　　　1040

必须永远感觉！

永远！——结束可能是绝望！

不，没有结束，没有结束！

（玛格丽特握住他的手，脱开，跑掉了。

他站在那儿，想了一会儿，然后尾随她而去。）

马尔特	夜幕降临。
梅菲斯特	对，我们要离开。
马尔特	我请你们在这儿久留，　　　　　　　　1045

不过这是个糟糕的地方，

似乎人们无所事事，

好像不用劳作，

一直观察邻居的举止，

他们动不动就搬弄是非。

还有我们这对？　　　　　　　　　　　1050

梅菲斯特	朝那边飞去。

蝴蝶的嬉戏！

马尔特	他对她有意。
梅菲斯特	她对他倾心！这就是世界的进程。

花园小屋

玛格丽特	（心里怦怦地跳个不停，到门后边，指尖放在唇边，透过门缝往外张望。）
	他来了！
浮士德	淘气鬼，竟敢戏弄我！
	看我逮住你！（他吻她）
玛格丽特	抓住他（回吻）
	好男人，我早就爱上了你。　　　　　　　1055
梅菲斯特	（敲门）
浮士德	（跺脚）
	谁啊？
梅菲斯特	好朋友。
浮士德	野兽！
梅菲斯特	告别的时间到了。
马尔特	先生们，太晚了。
浮士德	我可以陪你回家吗？
玛格丽特	母亲会看见我，再见！
浮士德	再见！
马尔特	再会！

玛格丽特　马上再见。

（浮士德、梅菲斯特下）

玛格丽特　哦，亲爱的主，这男人多棒！　　　　　1060

无法通盘考虑！

我在他面前只剩下羞愧，

对所有事情都表示同意。

我成为无知可怜的孩子，

不明白，他如何看我。（下）　　　　1065

甘泪卿的闺房

甘泪卿独自坐在纺车旁

我平静已逝，
我心情沉重；
找不回宁静，
我再难找回。

倘若失去他，　　　　　　　　　　　　1070
像走入坟墓，
面对这世界
我索然无味。

我可怜的头
已疯狂迷乱。　　　　　　　　　　　　1075
可怜的意念
已破碎失散。

我平静已逝，

我心情沉重；
找不回宁静，   1080
我再难找回。

我只想见他
往窗外眺望，
我只想寻他
冲出这门房。   1085

他步态高雅，
他身材挺拔，
他唇边微笑，
他两眼放光。

他开口说话
如魔河奔流，   1090
温暖的握手
啊，他的亲吻！

我平静已逝，
我心情沉重。
找不回宁静，   1095
我再难找回。

天！我的胸怀
奋力冲向他。
啊！我要抓住   1100
紧紧拥抱他。

并且亲吻他
尽我的所愿，
在他亲吻中
消失到永远。 1105

马尔特的花园

玛格丽特，浮士德

甘泪卿	告诉我，海因里希！
浮士德	什么事情？
甘泪卿	你如何看待宗教？
	你是一个心地善良的人，
	我唯独相信，你并不在意。
浮士德	放心吧，我的孩子。你感觉，我让你觉得不错。　1110
	对于爱，我会付出全部心血。
	没有任何人想夺走他的感觉与信教的权力。
玛格丽特	这不对，还得相信！
浮士德	一定要这样吗？
甘泪卿	如何才能让你信教！
	你连神圣的圣事都不相信。　　　　　　　　　1115
浮士德	我尊重圣事。
甘泪卿	但是没有愿望。
	你多久没去做弥撒、没有去告解？
	你还相信上帝吗？

069

浮士德　　我的孩子，谁敢这么说，

　　　　　我相信上帝！

　　　　　倘若你去问神父和智者，　　　　　　　　1120

　　　　　他们的答案似乎只是

　　　　　对提问者的嘲讽。

甘泪卿　　所以你不相信。

浮士德　　不要误解我，瞧你可爱的表情。

　　　　　谁敢直呼其名？

　　　　　谁敢说信奉？　　　　　　　　　　　　1125

　　　　　我相信他！

　　　　　谁感觉到

　　　　　而且强迫自己

　　　　　说出，我不信他？

　　　　　包容众生者，　　　　　　　　　　　　1130

　　　　　维系万物者，

　　　　　他抓不住，也得不到

　　　　　你，我，自己！

　　　　　天空没有在上方形成穹窿？

　　　　　大地没有在下面坚实稳固？　　　　　　1135

　　　　　这里和那里

　　　　　永恒的星辰难道没有升起！

　　　　　我难道没有在凝视你的眼睛！

　　　　　万物难道没有涌向

　　　　　你的头，你的心　　　　　　　　　　　1140

　　　　　在永恒的秘密中活动

　　　　　有形和无形就在你身边？

　　　　　你的心胸充满其中，尽量广大

　　　　　当你完全在这种感觉中迷醉，

就按照你的愿望说出它， 1145
名之为幸福！真心！爱情！上帝！
我没有名字
为此。感觉是一切，
名字不过是声音与烟气，
红霞环绕于天际。 1150

甘泪卿　这一切简直绝美无边；
神父大概也这么概括，
只不过采用了别的表述。

浮士德　所有的地方都这么讲
天日下所有的心， 1155
每个人都用自己的语言，
我为何不能用我的表达？

甘泪卿　有人听到这么说，似乎过得去，
但是我仍然不同意，
因为你不是基督徒。 1160

浮士德　亲爱的孩子！

甘泪卿　我长时间感到痛苦！
看到你和那个人相处。

浮士德　怎么啦？

甘泪卿　你带在身边那个家伙，
我内心深感厌恶；
我生活中没有别的内容， 1165
这种人的面目，
如同芒刺在胸。

浮士德　小宝贝，别怕他。

甘泪卿　他的出现让我心烦意乱。
对其他人我都友善； 1170

但是正如我渴望与你相见，
我对此人暗暗恐惧
我觉得他是一个混蛋，
我若冤枉好人，恳请上帝宽恕。

浮士德　这种卑鄙之人到处都有。　　　　　　1175

甘泪卿　我不愿和他们这些人交往，
他一走到门口，
总是面带讥笑朝里看
而且带着一半的愤懑；
显然对任何东西不抱同情；　　　　　1180
这些都写在他额头上，
他不喜欢情感。
我感到幸福在你的臂弯，
自由、温馨、沉醉，
他的出现却紧紧揪住我心。　　　　　1185

浮士德　你这个充满预感的小天使。

甘泪卿　这种感觉强烈把我控制，
每当他走到我们跟前，
我甚至认为我再也无法爱你。
只要他在旁边，我再也不能祈祷。　　1190
这点仿佛吞噬到内心深处
海因里希，你肯定也是如此。

浮士德　你现在那么反感！

甘泪卿　我现在必须离开。

浮士德　嗨，我永远不能，
安静地在你胸前偎倚　　　　　　　　1195
与你的心紧紧相依。

甘泪卿　嗨，若我单独入睡

我愿今晚为你开门；
我母亲睡得不沉，
我们倘若被她撞见，　　　　　　　　　1200
我立马就得命丧黄泉。

浮士德　天使，不必着急。
这有一小瓶药水，
只要在她喝的水里
滴上三滴
便能帮助她酣睡。　　　　　　　　　　1205

甘泪卿　为了你我什么都愿意！
希望不会损害她身体！

浮士德　亲爱的，我还是想好好劝你。

甘泪卿　我的至爱，只要能看见你，
不知什么按照你的意志把我驱使。　　　1210
我替你做了许许多多，
再没剩下我不能做的事情。（下）

梅菲斯特（上）

这妞刚刚离开！

浮士德　你又在偷听。

梅菲斯特　我仔细听了个明白。
博士先生接受了教义的拷问，　　　　　1215
希望这能让您有所收获。
姑娘们很感兴趣
人是否虔诚，是否遵守古老的规矩，
她们想，只要他虔诚，也肯定会温顺！

浮士德　你这怪物，无法洞悉　　　　　1220

天使亲密的心灵。

充满了信任，

完全孤独，

她的极度幸福是巨大的折磨

担心失去她最心爱的人。 1225

梅菲斯特 你超级好色，好色之徒！

一个小妞就让你心醉神迷。

浮士德 你这污秽与火焰组成的怪胎！

梅菲斯特 此妞精通面相之术，

当我面她就知道原委， 1230

她发现我面具之后隐藏的意义。

她感觉我的确是个天才，

也许是个魔鬼。

那么今天晚上——？

浮士德 与你有何关系。

梅菲斯特 我的快乐在此。 1235

井　边

甘泪卿与丽丝馨各自带着水罐。

丽丝馨　你听没听说芭贝馨的故事？

甘泪卿　没有听到，我很少与人来往。

丽丝馨　确定无疑，西碧勒今天告诉我！

　　　　她曾经自以为是。

　　　　如今却上当受骗！

甘泪卿　怎么啦？

丽丝馨　名声臭了！　　　　　　　　　　　　　　1240

　　　　她现在吃喝要喂养两人。

甘泪卿　唉！

丽丝馨　对，她最终遭到报应

　　　　跟那小子长期纠缠不清！

　　　　让人陪同散步，

　　　　到村里，上舞场，　　　　　　　　　　1245

　　　　四处出风头。

　　　　总请她吃肉饼，喝葡萄酒。

　　　　自以为美妙无双，

但如此恬不知耻，

接受他的礼物。　　　　　　　　1250

既亲嘴，又搂抱，

对，这朵小花由此凋零。

甘泪卿　可怜的人儿！

丽丝馨　丝毫不值得同情。

我们整天蹲在纺车旁，

晚上妈妈不许出门。　　　　　　1255

她却甜蜜地偎倚着情郎，

混迹于门前的长凳与黑暗的走廊，

从不觉得时光漫长。

现在她却得低下头，

穿着囚衣忏悔怅惘！　　　　　　1260

甘泪卿　他肯定会娶她为妻。

丽丝馨　那么他就是傻瓜。一个机灵的家伙！

在别处照样有足够的天空。

他也消失得无影无踪。

甘泪卿　这可不怎么美妙。

丽丝馨　就算她得到他，也不会过得好。　　1265

小伙子从她手中扯碎花冠

我们在她门前撒落碎草！①（下）

甘泪卿　（走回家）

我曾大胆地贬低，

一位可怜姑娘的过失。

针对别人的罪责，　　　　　　　1270

---

① 新郎尽管出逃还得被迫与新娘成婚，那么这位不再是处女的新娘就会遭到同龄人的羞辱，新娘的花冠被撕碎，替代鲜花，人们在她门前撒上碎草，这种旧日的民俗曾经风行一时。

我找不够诋毁的言辞。
黑的，我觉得不够黑，
还要更卖力抹黑。
赐福我，自以为是
但我自己也成了罪人。   1275
可是——驱使我做的一切，
主啊，多么美好！嗨，多么亲密！

内外城墙间的巷道

壁龛内供奉着一尊圣母像，几只花瓶摆在前面。

甘泪卿在另一口井旁，屈身摇晃着花瓶，插入她带来的鲜花。

请你俯首，
多难的圣母，
垂怜我的痛苦！   1280

利剑穿心，
疼痛而麻木，
注目你死掉的儿子！
你瞧瞧生父，
发出叹息   1285
为了他与你的痛苦！

谁感触，
谁寻觅，
我疼痛彻骨？
我可怜的心担忧，   1290

担忧与所需，
只有你一人，只有你清楚。

每次我往何处去，
痛苦痛苦多痛苦
在我内心深处！   1295
几乎从不孤独，
我哭我哭我哭，
我这颗心已破碎。

我窗前的碎片
洒满我的眼泪，唉！   1300
我在清晨时分
送给你鲜花。

我的闺房早早地
在明亮的阳光下沐浴，
我万分绝望   1305
坐到自己的床上。

求助，从屈辱与死亡中拯救我！
请你俯首，
多难的圣母，
垂怜我的痛苦！   1310

大教堂

甘泪卿母亲的葬礼

甘泪卿所有亲戚，伴随吟唱的弥撒，管风琴，歌唱。

恶　灵　　在甘泪卿身后
　　　　　甘泪卿，你完全变样，
　　　　　你天真无邪地
　　　　　走近祭坛。
　　　　　在这本翻乱的小册子里
　　　　　你的祈祷回响，　　　　　　　　　　1315
　　　　　半是儿戏，
　　　　　半是真心！
　　　　　甘泪卿！
　　　　　你的脑袋搁在何方？
　　　　　在你心上　　　　　　　　　　　　　1320
　　　　　多么可怕的罪行？
　　　　　为你母亲的灵魂祈祷，
　　　　　因为你长眠于痛苦里？
　　　　　——而且在你心田，

不是有些东西在蠕动，　　　　　　　　　　1325
非婚生的耻辱？
让你害怕，感觉恐惧
充满强烈的预感？

甘泪卿　唉！唉！
　　　　但愿我能摆脱这种想法，　　　　　　1330
　　　　在我脑海中萦回
　　　　再次侵袭我。

合　唱　愤怒之日将临
　　　　世界会化为灰烬。①
　　　　（管风琴声）

恶　灵　怒及于你　　　　　　　　　　　　　1335
　　　　喇叭响起！
　　　　坟墓晃动
　　　　你的心，
　　　　从灰烬中出来
　　　　接受火焰的烧灼　　　　　　　　　　1340
　　　　再度被唤醒，
　　　　颤栗不已。

甘泪卿　我希望离开这里，
　　　　我觉得好像管风琴
　　　　阻断我的呼吸，　　　　　　　　　　1345
　　　　歌唱，我的心

---

① 此处为拉丁语：Dies irae dies illa, Solvet Saeclum in favilla, 翻译成德语为 Tag des Zornes, Tag der Sünden, Wird das Weltall sich entzünden, 系意大利方济各会修士和编年史作者 Thomas v. Celano（1190—1260）所作安魂弥撒《愤怒之日》(*Dies Irae*)中第一句，本幕中"合唱"的拉丁语歌词均出自这首歌。

在最深处消解。

合　唱　倘若法官将要宣判，
　　　　一切秘密都将暴露，
　　　　没有什么不遭惩处①。　　　　　　　　1350

甘泪卿　我感觉窒息！
　　　　立柱石壁
　　　　把我禁闭！
　　　　穹顶
　　　　压迫我——空气！　　　　　　　　　1355

恶　灵　你躲起来了吗？
　　　　隐藏
　　　　你的罪恶与耻辱？
　　　　空气？空气？
　　　　唉，你呀！　　　　　　　　　　　　1360

合　唱　我将对他说什么？
　　　　我将求谁庇护我？
　　　　证人自己也顾虑。②

恶　灵　圣者见到你
　　　　转过脸。　　　　　　　　　　　　　1365
　　　　把手递给你，
　　　　颤抖不已！
　　　　这些纯洁！
　　　　唉！

---

①　此处为拉丁语：Iudex ergo cum sedebit/Quid quid latet adparebit/Nil inultum remanbit，德文翻译为 Sitzt der Richter dann zu richten, /Wird sich das Verborgne lichten；/Nichts kann vor der Strafe flüchten。
②　此处为拉丁语：Quid sum miser tunc dicturus/Quem patronum rogaturus/Cum vix iustus sit securus，德文翻译为：Weh! Was werd ich Armer sagen? /Welchen Anwalt mir erfragen, /Wenn Gerechte selbst verzagen?

合　唱　我将对他说什么？^①　　　　　　　　　　1370

甘泪卿　邻居！您的小药瓶！——

　　　　（她昏厥过去）

---

^①　此处为拉丁语 Quid sum miser tunc dicturus，参见：http：//www.hymnarium.
　　de/hymni-breviarii/sequenzen/133-dies-irae。

夜

在甘泪卿房前

瓦伦廷，士兵，甘泪卿的哥哥。

每当我坐在酒席宴上，
不少人大吹大擂，
喜欢在我面前
把少女之花赞美。　　　　　　　　　1375
交口称赞，斟满酒杯
——我用胳膊肘支撑
安静地坐着，
洗耳恭听所有的夸夸其谈。
微笑着捋捋胡须　　　　　　　　　　1380
举起斟满的酒杯，
说道："各有各的方式！
但是国内有哪位姑娘，
可与贤淑的甘泪卿媲美，
配得上给我妹妹端茶倒水？"　　　　1385

叮当，叮当，酒杯共鸣。

众口一词："对，对!

她是女性之光!"

所有赞美者都坐在那儿沉默。

而如今! 我真要把头发拔光，　　　　　　　　　　1390

气得去撞墙!

任何无赖都可以对我

冷嘲热讽、嗤之以鼻!

我就像欠债不还，

为每种偶然的说辞而汗颜!　　　　　　　　　　1395

即使我把他们痛打倒地，

也不能称他们是说谎者。

浮士德　梅菲斯特

浮士德　就像那边圣器室的彩窗前

长明灯忽闪忽闪，

微弱，两侧光线更暗淡，　　　　　　　　　　1400

黑暗缓缓朝前边袭来，

内心也如同黑夜一般。

梅菲斯特　我像小猫一般焦躁，

偷偷摸到防火梯边，

然后轻轻伏在墙角。　　　　　　　　　　　　1405

感到完全符合节操，

偷嘴，交尾，

如今感到新鲜! 这是悲叹，

你现在去你情人的房间

好像她走向死亡。　　　　　　　　　　　　　1410

浮士德　何等上天的快乐在她臂弯?
　　　　因为震撼而周身温暖,
　　　　它冲向这种心灵的焦灼吗?
　　　　哈,我不是难民、无家可归者。
　　　　没有目的与安宁的残酷之人,　　　　1415
　　　　宛若水流从岩石到岩石,
　　　　渴望狂怒地泄向深渊。
　　　　而且她在旁边抱着幼稚、模糊的意念
　　　　在阿尔卑斯山间的小屋,
　　　　她所有持家的开始,　　　　1420
　　　　环绕在这小小的世界。
　　　　我对上帝的
　　　　厌恶还不够,
　　　　我抓住岩石
　　　　把它砸成碎片!　　　　1425
　　　　您!您的和平我一定要埋葬!
　　　　你,洞窟想要这种牺牲!
　　　　魔鬼,救救我,缩短时间的恐惧,
　　　　像必须发生那样马上发生。
　　　　我愿她的命运让我坠落,　　　　1430
　　　　我与她一块儿走向毁灭。

梅菲斯特　热情再度高涨!再次燃烧!
　　　　走进去,安慰她,你这傻瓜。
　　　　看上去这脑袋没有出路
　　　　设想着马上结束!　　　　1435

浮士德　梅菲斯特

浮士德	悲苦啊！绝望！在地球上长久	1

浮士德　悲苦啊！绝望！在地球上长久　　　　　　　1
　　　　可悲地误入歧途！沦为女囚关在监牢，
　　　　忍受可怕的折磨，这个可爱的、不幸的尤物！
　　　　到那儿！——你这个不讲信义的无耻圣灵，
　　　　隐瞒了我这点！只是，站在那儿，　　　　　5
　　　　站着，压住怒火翻转残忍的眼睛，
　　　　站着，通过你无法忍受的出现
　　　　抵抗我。抓住了！在无法带回的痛苦之中
　　　　交出恶灵，以及这些没有感觉的人类。　　　10
　　　　你用调出味道的快乐抚慰我，
　　　　向我隐瞒她日益增多的悲叹，
　　　　让她无助地沉沦。

梅菲斯特　她不是第一人！

浮士德　狗！可恶的畜生！你把它变成　　　　　　15
　　　　能力无边的圣灵，变成蛆虫，
　　　　再次变回狗的形象，常常在夜间
　　　　来我前面溜达，让这位善良的漫游者
　　　　在脚下叫骂，使跌倒者挂在肩膀上。

再把他变回他最喜欢的形象，　　　　　　20
他在我面前的沙地上，
我爬到他肚子上，
用脚踹这邪恶的家伙——
不是第一人——叹息！叹息！抓不住人类的灵魂，
胜过人间尤物跌入悲苦的深处，
第一位在他缠绕的死亡中没有做够，　　　25
为永恒的眼前所有剩余人的罪责。
这种活力与生命让我绞尽脑汁，
因为这唯一的悲哀，
你泰然地嘲笑上千人
的命运。　　　　　　　　　　　　　　30

梅菲斯特　伟大的汉斯！如今你又回到了你笑话的结尾，
在污点上，大脑精神失常的当口，
[当你无法与我们] 做交易，那你为何
与我们共同行动。你若想飞行，
你的脑袋就会晕眩！唉！　　　　　　35
我们拥向你，你拥向我们？

浮士德　舔舔你贪婪的牙齿，不要这样对我，
让我恶心——伟大而神圣的精灵，
你要在我眼前出现，你知晓我的心，
我的灵魂，为什么你必须把
我在蒙羞的同伴处捶打，　　　　　　40
此人高兴地看到损伤和最后的堕落。

梅菲斯特　你要结束了吗？

浮士德　救救她或者你感到难过！
对你发出千年的诅咒，救救她！　　　45

梅菲斯特　我无法解开复仇者的带子，

无法打开他的门闩——救她——？

她是谁，已经陷入腐败？我或者你？

浮士德 （环顾四周。）

梅菲斯特 你要抓住惊雷？可能它也无法

交给你们可悲的死者。　　　　　　　　50

这是唯一的艺术品，

在混乱之中把你变成空气。

你们击碎这个反驳无罪的人。

浮士德 给我带过来，让她自由！

梅菲斯特 而且危险，你要终止！　　　　　　55

知道在城内还有你欠下的血债。

在被刺倒者的地方

出没着复仇的众精灵，

等候返回来的谋杀犯。

浮士德 都是因为你！世上的谋杀与死亡　　　60

都是通过你这个恶魔！带我去那儿，我告诉你

还她自由。

梅菲斯特 我带上你，我尽力而为！

我拥有全部的力量上天入地？

守门人的意识我能让他模糊，夺取钥匙，　　65

用你的手把她带出。

我望风，把魔幻之马替你准备好！这点我能行。

浮士德 上马，出发。

夜

空旷的原野

浮士德、梅菲斯特骑在黑马上面飞驰而来

浮士德	这些女人在乌鸦石周围编什么？	1436
梅菲斯特	我不知道，她们在烧什么东西，做什么事。	
浮士德	上下飘浮，俯身，弯腰。	
梅菲斯特	一伙女巫！	
浮士德	她们在播撒种子，在行供奉仪式！	
梅菲斯特	通过！通过！	1440

地 牢

浮士德拿着一串钥匙，手举一盏灯来到一扇铁门旁。

我早就充满无法居住的惊恐。人类内在的恐惧。　　　　　1
这里！这里！——开始！——你的胆怯
动摇了死亡！

　　　　　（他抓住了锁，心里哼着歌曲）

　　　　我妈妈，这妓女
　　　　把我生生杀害　　　　　　　　　　　　　　　　5
　　　　我爸爸，这无赖
　　　　把我生生吃掉
　　　　我妹妹还年幼
　　　　抬起腿
　　　　在一个冰冷的地方，　　　　　　　　　　　　　10
　　　　那里我变成一只漂亮的林间鸟
　　　　飞去！飞去！

浮士德　（颤颤巍巍地前行，鼓足勇气，用钥匙打开门，
　　　　　他听见锁链的当啷声，干草簌簌作响。）

玛格丽特 （躲在床上）嗨!

嗨! 它来了，可怕的死亡!

浮士德 （轻声地）安静，我来解救你。　　　　　15

（抓起她身上的锁链，要打开。）

玛格丽特 （抵抗着）走开! 子夜时分! 刽子手，

难道明天早上你时间还不够用。

浮士德 放松点!

玛格丽特 （滚到他面前）可怜可怜我，让我活命!

我那么年轻漂亮，我还是个小姑娘。　　　20

瞧瞧这朵鲜花，瞧瞧这顶王冠，

可怜可怜我!

我为你做了些什么?

你没有看见我时日不多。

浮士德 她想错了，我办不到。　　　　　　　　　25

玛格丽特 瞧这孩子! 我不得不把他淹死。

我刚才还拥有他。在那儿! 我淹死了他。

他们从我手上夺走了他，说我谋杀了他。

为我歌唱这首小曲! ——不是真的——这是童话，

结束了，不是为了我，他们歌唱。　　　　30

浮士德 （在她跟前倒地）甘泪卿!

玛格丽特 （急速地睁开眼睛）他在哪儿? 我听到他在呼唤!

他在喊: 甘泪卿! 他在喊我! 他在哪儿? 嗨!

透过各种哭号和啪哒声我认出了他，

他在喊我，甘泪卿! （瘫倒在他面前）啊呀，啊呀，35

把他给我，把他给我! 他在哪儿?

浮士德 （疯狂地搂住她脖子）我的至亲，我的至爱!

玛格丽特 （低头埋入他怀里。）

浮士德 起来，亲爱的! 你的谋杀者就是你的解救者，

起来！（在她发愣之际，他打开了她手上的镣铐）　40
来，我们摆脱这可怕的命运。

玛格丽特　（恨倚在他身上）吻我，吻我！

浮士德　千万遍！只是得赶紧，甘泪卿，赶紧！

玛格丽特　吻我！你不能更深地吻我？谁？　45
什么？你是我的海因里希吗？连吻都生疏了？
整个天空夹着你的拥抱，强烈地袭击我！
你吻的样子，仿佛你想让我快乐地窒息死亡！
海因里希，吻我，不然我就要吻你！（她冲向他）嗨！50
你的嘴唇那么冰冷！死亡！没有回答！

浮士德　跟我来，我用千百倍的热情拥抱你。
只需跟我来！

玛格丽特　（她坐下来，静静地发了一会儿呆）你是
海因里希？　55

浮士德　我是，快快跟上！

玛格丽特　我不明白！你？松开镣铐，解救我！
你解救了谁？你可知道？

浮士德　来！来！

玛格丽特　我杀死我的母亲！我淹死我的孩子。　60
你的孩子，海因里希！——天哪，
我的天，这不是一场梦吧？你的手，
海因里希！——它是湿的——我请求你，
擦干净！上面有血——插入匕首！
我的脑袋发狂。　65

浮士德　你杀了我。

玛格丽特　不，你得活下来，在众人之后活下来。
谁照料这些坟茔？在这一排人中，
我请求你，在母亲身旁是哥哥。

| | 我在那儿，我的小孩在右边的胸前。把手给我， | 70 |
| | 你是我的海因里希。 | |

浮士德 （把手抽开）你感觉到我吗？

你听见了我吗？来！我就是，我来解救你。

玛格丽特 从这儿出去。

浮士德 自由！ 75

玛格丽特 从这儿出去？不是环绕世界。这是坟墓外面？

死亡在暗中守候，来！从这里可以进入

永恒的长眠之处，不要再走一步。

哦，海因里希，我可以与你周游世界？

浮士德 监狱已经打开，别再犹豫！ 80

玛格丽特 他们在森林旁的路边暗中等我。

浮士德 快出去，快出去！

玛格丽特 别丧了命！——你没有看见来回舞动？

你救救那只可怜的蠕虫，还在来回舞动！

离开！快呀！只需通过小木桥， 85

直接走入森林，左侧有一处池塘，

那边竖着一块木板！离开！救命！救命！

浮士德 救！救你！

玛格丽特 倘若我们只从山边经过，我妈妈坐在一块石头上，

摇晃着脑袋！她没有挥手致意，也没有点头， 90

她的头感觉沉重，她应该睡觉，

我们可以醒着，在一起感到高兴。

浮士德 （抓住她，要把她抬走。）

玛格丽特 我要高声叫喊，让大家都醒来！

浮士德 天色将明，哦，亲爱的！亲爱的！

玛格丽特 天亮了！天要亮了！最后的一天！婚礼之日， 95

不要告诉任何人，之前你在夜里来到

甘泪卿身边——我的小花环！

——我们再见！你听见，市民们穿过小巷快速溜掉！

你听见了？没有大声的言语！钟声敲响！

——咔嚓，棍子折断了——在每个人的脖子上闪动，　100

刀锋在我的脖子后面闪动！——听钟声。

梅菲斯特　（出现了）起来，不然你们就会失败，

我的马直打寒战，早晨即将来临！

玛格丽特　这位！这位！让他走！送他走！这位要我！

不，不！上帝的法庭，到我这儿来，你就是我，　105

救救我！永不，永远不！万岁！

一路平安！海因里希。

浮士德　（抱紧她）我不放弃你！

玛格丽特　神圣的天使！保护我的灵魂！

——我害怕你，海因里希。　　　　　　　　　110

梅菲斯特　她被处决了！

（他与浮士德一道消失，门嘎嘎地合上，

人们听到了声音逐渐减弱）

海因里希！海因里希！